出租身體的女人

The Woman Rent her body

黃學友

代序　把握好小小說的細節

黃學友

現在是一個以細節制勝的時代，不管你從事何種職業，還是何種工作，你都必須注重和把握好細節，否則就很難有新的突破。老子曰：「天下大事必作於細，天下難事必作於易。」意思是說，做大事必須從小事開始，天下的難事必定從輕易的做起。不管做什麼事，只有把握好細節，才能尋找到走向成功的捷徑。

寫小說也是如此，寫小小說更是如此。

小小說的字數大都在一千四五百字左右，可麻雀雖小五臟俱全。這「五臟」無非是指小小說的構成，小小說的要素和對小小說的要求。沒有一個聰明的作者因為小小說篇幅小，而忽視了細節描寫；相反，都會努力做到精雕細琢。

人物是小小說的要素，也是小小說的靈魂。要寫好一篇小小說，很重要的一點，就是看它如何塑造人物，如何把握細節，把人物寫得栩栩如生。只有把握好人物的肖像細節描寫，語言細節描寫，行動細節描寫，心理活動細節描寫，表情變化細節描寫，服飾細節描寫，才能豐滿人物形象，突顯人物性格特點，反應人物的悲慘命運，彰顯人物的精神狀態，才能增強作品的真實感和藝術感染力。

當然，除了對人物的細節描寫外，對事物的細節描寫也十分重要。把握好某一事物的發展變化過程，對其細節進行真實、準確、精煉的描寫，能推進故事情節，拓展意蘊空間，彰顯創作個性，深化作品主題。

如何把握好小小說的細節描寫？首先要養成好的學習習慣。只有不斷學習，不斷從知識中吸取營養，才會充實自己，才會使自己進步。要學習文學創作理論知識，從中尋找創作技巧；要學習政治、學習政策，以利準確地把握時代的脈搏。養成一種學習的習慣，就會開闊自己的視野，拓寬自己的思路，啟動自己的思維，把握好細節描寫的分寸。

學會觀察，是寫好小小說細節的基礎。每一個人都有不同的性格，不同的相貌。每一件事物都有不同的背景、不同的特徵。我們要做的就是去觀察人物的一言一行，人物的心裏活動和面目表情。去觀察事物的特定環境和事物的發展變化。只有這樣，在描寫細節時才能做到真實、準確、不失分寸。

勤於創作，是細節描寫成熟的捷徑。學習再多的知識，對人物和事物觀察的再認真、再細緻，不拿起筆來寫，不在鍵盤上敲擊，就是一張白紙，更談不上有精彩的細節。俗話說：「熟能生巧。」不斷創作的過程，也是一個鍛煉的過程，只有不斷的創作，才能有新的進展，新的突破，才能熟練地掌握描寫細節的技巧。

把握好小小說的細節描寫，還要學會積累。葉聖陶說過：「生活猶如泉源，文章猶如溪流，泉源豐盈而不枯竭，溪水自然活潑地流個不歇。」寫作來源於生活，這就需要對生活進行積累。除了多觀察生活之外，要多參與各種社會活動，去體驗生活，去充實自己的人生。拜生活為老師，向生活要素材。在生活中，要多看、多聽、多思，善於發現新情況，新問題。要養成勤寫勤記的好習慣，把生活中的真、善、美及時記錄下來，以備創作時信手撿來。

在學會積累的同時，還需學會篩選。細節描寫在小說中，不是越多越好，而應該選擇具有代表性、概括性、能起到深化主題作用的語言或事件。小小說更需要精確、典型的細節。

細節是一種習慣，一種積累，一種眼光，一種智慧。

沒有細節，就沒有藝術；沒有細節描寫，就沒有活生生的有血有肉有個性的人物形象。

目次

小小說

短篇小說

樹上瓜棚

路翎這小子鬼精，知道他的人都這樣說。

初春，天氣乍暖還寒，小河對岸秋菊家的瓜地還沒睡醒，路翎地裏的西瓜已開始爬秧。有人不相信，跑到他的地裏去看，只見地裏白茫茫一片，太陽一照閃光耀眼，很是壯觀。他告訴來人這是地膜，能提高地溫，保持水分，滅草云云。

有人彎腰透過地膜看到那鮮綠的瓜苗，就很有感觸的咂咂嘴。

有個姑娘愛上了他，偷偷給他一張紙條，說要跟他交朋友，卻被他拒絕了。

路翎長得並不好看，兩隻眼睛被他從娘肚裏帶出來就患有相思病，鼻子秤砣般倒掛在臉上，讓人看了都覺得不舒服。那姑娘給他遞紙條，是看上了他肚裏的「科學」；要換了別的姑娘，真怕一朵鮮花插在牛糞上。他不知道天高地厚，看中了小河那邊的秋菊。可人家根本沒把他放在眼裏，從心底裏討厭他，一看到他就像吃飯時吞進一隻蒼蠅。他承認父母合作生產的他——這顆帶斑的果子——端不上大席去，可他認為自己同樣是人，就同樣應該得到美的享受，包括找個美的對象。

路翎幹什麼都有新招，別人的瓜棚不是紮在瓜地的一角，就是紮在瓜地附近的草窩裏。路翎卻不，硬是把棚紮在河邊一棵大樹的三股杈上。當然離他的瓜地很近。樹有一摟多粗，瓜棚離地面五六米高，由於上下不方便，他就自製了一個木梯放在樹旁。白天他幹累了活就順著梯子爬進瓜棚，耳聽樹下潺潺流水，樹上婉轉的鳥鳴也另有一番滋味。有時他四仰八叉躺在鋪上，極是用功地看那本《西瓜高產栽培技術》，和風吹來瓜棚也悠哉悠哉，他便有種飄飄欲醉的感覺。當然，他忘不了看地裏的西瓜，大約每隔五分鐘便把腦袋伸出瓜棚一次。他也沒忘記秋菊，不斷的朝她地裏望。棚牆上有個五十公分見方的小洞，是他紮瓜棚時有意留下的。

秋菊不知那小方洞，更不知小方洞裏有一雙患有相思病的眼睛在賊溜溜地轉。秋菊在瓜地裏噴完藥，放下噴霧器就朝河邊走來。到河邊把褲腿挽到膝蓋以上，讓豐滿圓滑富有彈性的腿肚裸露出來，戒備地瞅瞅，見四處無人，就脫去上衣，只留一件緊裹身子的洋布碎花汗衫。她瀑布似的頭髮披散在滾圓的肩頭，散發著青春健美的氣息。清清的河水映出她那圓悠悠的臉，她把河水捧到頭上，臉上，痛痛快快的洗著，不時仰起頭，抬起兩手向後攏著瀑布似的頭髮，厚實的胸膛上那對發麵饃饃似的東西比誰凸的高似的勾引著他。

他的心裏很迷亂，兩眼直勾勾的，快要盯進了她的肉裏，還嫌脖子長得短。他已不止是一次這樣偷看。他的思想開始長毛，私下裏有了用手摸摸那重要部位的慾念……

路翎正看得起勁，秋菊突然發現了瓜棚上的洞口，像知道裏面有一雙賊溜溜的眼睛，慌亂的拾起放在河邊的衣服，朝自己的瓜棚跑去。就在她拾衣裳的同時，路翎看到了一個明閃閃的東西被甩在了河邊，是她放在衣服上的手機。於是，他高興不已，因為他終於撈到了一個和秋菊套近乎的機會。

他順梯子吱吱扭扭走下瓜棚，來到河裏她洗頭的地方，一眼就瞧見了那個閃亮的東西，他揀起來像得了寶似的，朝秋菊田裏走去。

路翎和秋菊的瓜田雖說只隔一條彎彎曲曲的小河，小河也只不過幾十米寬，可他卻從來沒有到她的田裏，她也從來沒有光臨他的地邊，她心裏煩他，有什麼事也不願求他，他還算聰明，輕易不去自討沒趣。

走進她的瓜地，他想不到一個俊秀的姑娘擺弄的瓜卻很不爭氣，瓜秧又細又瘦，瓜葉也小的可憐。他心裏有些不安，在心裏責怪自己沒有常來幫他拾掇拾掇，她是第一次種瓜沒經驗。

他一眼看出許多瓜葉有些耷焉，只是有一點，並不明顯。他以為是根部招了害蟲。不是渾身發白的蜞螬，就是那種叫地老虎的玩藝。這兩種害蟲都很壞。

他蹲下來，扒一棵西瓜周圍的土，扒著扒著，一隻肉滾滾的灰蟲兒從鮮土裏滾了出來，是地老虎，他仇視的地把它向地上用力摔去。秋菊穿一件漂亮的白裙子出現在路翎面前，目光冷冰冰的。

「你來幹什麼？」她問。

「我到河裏洗手拾到一個手機……」他編了一個幌子。

她接過手機，對剛才自己的態度感到不好意思。

「你的西瓜招地老虎了。」他怕她不信，在另一棵瓜苗下扒出一隻地老虎來。

她覺的這地老虎來得有些突然，不知所措。

「這種蟲子很壞，咬斷一棵又去咬另一棵，得快點想法治。」他說。

她點點頭。

「有沒有藥？」他又問。

她沒說話，她根本就不懂得用什麼藥去制服這些玩藝。

「我那裏還有90％敵百蟲，先拿來救急。」他說完很快就拿來了。

他讓她找來一個盛尿的破桶，跑到河裏提來一桶水，兌什麼藥都得按比例。她不知啥叫比例，也不知一桶水摻多少90％敵百蟲粉，她只噴過玻璃瓶裝的藥水，不管什麼藥一噴霧器兌一瓶蓋子。

他把敵百蟲粉放進水桶，一邊用木棒攪拌一邊說：「一千斤水兌五百克這樣的藥粉，這桶水五十斤就兌十五克藥粉，不能少，也不能多，少了藥不死『地老虎』，多了西瓜會受藥害。」

秋菊聽得很認真，覺得路翎有些了不起，比自己知道的東西多，心眼也好，再看他時也不再那麼醜，站在他身邊也再不覺得彆扭。

路翎開始幫秋菊把藥液澆到每棵西瓜周圍，他幹得很賣力，一直到完。她心裏很過意不去，就讓他到自己的瓜棚裏喝水，他不去，她就用手拉，拉得很實在……

路翎幹活累了依舊吱吱扭扭爬進瓜棚。

小河裏的水依舊嘩嘩啦啦流。

他瓜棚上的小洞依舊朝著小河。

秋菊依舊常常來小河邊，裸露出白白的腿肚。胸前那對饃饃似的東西依舊比賽誰凸的高。只是他不再把脖子伸出洞口，他覺得那樣很不光彩，有失大男子漢的氣魄。

路翎的瓜地裏飄出了濃郁的瓜香，惹得許多人不斷光顧他的地邊。天並不很熱，來人掏出一兩元錢，抱個大西瓜回家，圖的是老婆孩子嚐個鮮。鮮貨自然貴，這小子硬是賣四毛五一斤，價格提到了西瓜當市的一倍還多。

每天太陽快落山的時候，他便鑽進瓜棚，把大把大把的票子掏在睡鋪上清點，每次點完，他的臉上便顯出得意的神情。

這天路翎又坐在鋪上點錢，還沒有點完，梯子就吱吱扭扭響，他以為來了買瓜的，抬頭見瓜棚口一張團悠悠的臉。

「秋菊是你？」

「是我！」

「快上來坐坐我這『空中樓閣』。」

「不了，想請你去看看我的西瓜。」

「怎麼了？」

「瓜葉上長了黑斑。」

「嚴重嗎？」

「很多……」

「走，去看看。」說完他跟她過了小河。

她領他到一片瓜棵發病重的地塊，瓜葉上有不少近圓形水漬狀黃褐色斑點。他摘下幾片拿在手裏反覆研究著。

「這是什麼病，危害大嗎？」她焦慮地問。

他說：「這叫『炭疽病』，俗稱黑斑病，現在是病的初期，不過這種病擴展很快，先是迅速變成凹斑，後變成黑色，斑點擴大，相互結合，直到枯死。」

「那怎麼辦？還有救嗎？」她有些緊張。

「趕緊噴65%代森鋅還能有救。」他說得很堅定，也很自信。

秋菊相信他的話，瓜棚裏的床鋪下除了幾瓶殺蟲用的藥液外，並沒有這種藥，好在村農藥店裏有，她跑去買來一瓶。兌藥自然還得勞路翎的大駕，她一直沒有學會水和藥怎麼個比例法。她有些恨，恨自己過去為什麼沒有好好學文化，至少也要學會噴藥的比例呀，她很羨慕路翎有一肚子的墨水。

秋菊的西瓜噴了65%代森鋅後，病果真沒擴展，也沒礙著瓜生長。每想到他，她心裏就很矛盾，也很複雜。他在她的眼裏就像一個粗糙的盒子，裝有許多味美可口的糕點，她即想吃到糕點，又討厭那粗糙的盒子。

她開始幫路翎摘瓜賣瓜，漂亮的白裙子不斷在他地裏飄搖晃動。她對他那種無端的輕蔑和冰冷的敵意早已消失，眸子裏溢滿泉水般的清澈和甜蜜，於是他很得意。

她要到他的「空中樓閣」裏去瞧瞧新奇，這是第一次，他欣喜、恍惚，有些不知所措。他搶在她的前面，把梯子踏得山響，鑽進棚裏慌亂地整理那總是亂騰騰的睡鋪，等那飄搖顫動的白裙子飛來，他又用精瘦的脊背去遮擋那個小洞。秋菊早就看在眼裏，像全知道患有相思病的眼在洞口的所作所為，肉滾滾的小拳頭在他肩上很有分寸地打了一下。這一下可真夠味，給他的心裏傳遞了一種神秘而又美妙的資訊。使他面頰炙熱。他再看秋菊，更加溫柔，更加嫵媚動人。

他的眼裏發出了一種異樣的光，她心裏有些怕，便抓起鋪上那本《西瓜高產栽培技術》問：「你給西瓜治病的法子和兌藥的比例都是從這書上學的？」

「是，書上都有。」

「我若能看懂該有多好。」

「你若願學以後常來，我教你。」

他說得很實在，她也願跟他學。她的瓜晚，沒熟。沒事她就來鑽進瓜棚聽他講西瓜的「炭疽病」、「枯萎病」。也講西瓜的「白粉病」、「瘁倒病」。講西瓜的主要蟲害，也講西瓜的藥用。他講時總裝的很認真。秋菊很感動。他還像多數姑娘一樣，很單純，根本沒想到他「動機不純」。

陰雨連綿的天。秋菊已幾天沒來路翎的瓜棚，他等得很心焦，時不時把脖子伸出洞口，朝小河那邊望去，除細雨抽打著瓜葉，仍不見她的影子。

雨一停，樹下的梯子就吱吱扭扭響，路翎從鋪上彈了起來，見秋菊鑽進棚來，驚喜不已。

秋菊換了衣服，碎花的確良小褂把身子裹的很緊。她貼他身邊坐下說：「該死的天還不睜眼。」

一串沉悶的雷聲從遠天滾來，像進一步證明她的話。

一貼近秋菊，他的心裏就蹦蹦跳，兩眼猛勁盯著她的胸前。她知道他心裏想什麼，只是沒把他想得那麼壞。

路翎見一條毛毛蟲從棚頂順絲線墜落下來，樹上不缺這東西。她不知頭頂有毛毛蟲，更不知它快要落到自己那細白的脖子裏。路翎知道她最怕這玩藝，可有意不跟她說。

「哎喲。」毛毛蟲鑽進了她的衣領，她很害怕，兩手在脖子裏亂撲拉。

「別怕，我給你拿出來。」路翎說完一隻手伸進了秋菊的衣領，在她胸前亂摸。

毛毛蟲早把她衣內漏了，他的手還在做著努力。他摸到了那發麵饃饃似的東西，很緊，很有彈性，他按住了那兩個東西的制高點，渾身像通了電。那兩個東西一碰到「陌生的來客」她心裏「咯噔」一下。她明白他在使壞，並曉得他對自己開始「大兵壓境」。她不顧一切地推開他逃出了瓜棚。

她不知道自己是怎麼從樹上落到地上的，一條腿摔得很重很疼，她想盡快離去，走起路來卻十分困難。

現在他頭腦清醒了，知道惹了禍，自然很後悔，他想追上去解釋點什麼，可又一想，能說清嗎？他正為難，聽到了一種嗚嗚的轟鳴聲，心裏納悶，便把頭伸出洞去看。

這一看讓他吃了一驚。小河上游一排高大的浪頭像一群猛獸排山倒海般滾來。上游下雨下游發水，這是以前小河裏有過的事，這種事來得突然，對下游的人畜危害極大。

秋菊站在小河裏，根本看不見浪頭，更不會想到自己將會被無情的洪水吞沒，只是覺得腿疼得厲害，再也走不動。

路翎跑向了小河。他想無論如何在洪水趕到之前，一定把她救出來。

秋菊見他追來，以為他又起了歹心，渾身的血直往上沖，牙齒咬得咯咯響，她下了狠心要豁出性命跟他拚了，從河灘上拾起一塊鴨蛋形石頭，猛勁向他砸來。他早有防備，一歪頭石頭撲了空，他追到她跟前，她沒再反抗，卻「噗通」一聲跪倒在他的腳下，說：「求求你放了我吧，放了我吧。」

他攔腰把秋菊抱起，夾在一隻胳膊下，朝自己的瓜棚猛跑。

「你放開我，放開我呀！」她呼喊著，使出全伸身的解數掙扎著，無奈他那鐵鉗般的胳膊死勁夾著她的腰。她瘋了般兩手抓他的臉，撕他的頭髮，用鋒利的牙齒咬他的胳膊。他疼得兩眼冒火花還是不放，一口氣跑到了瓜棚樹下。

天下起了大雨，雨點砸得樹葉嘩嘩亂響，嗚嗚的轟鳴聲越來越近，他的胳膊夾著她正吃力地向梯子上爬，她不再掙扎了，身子軟綿綿的。不知是累？是急？還是怕？他兩腿一個勁地顫抖，幾次差一點從梯子上摔下來……

鑽進瓜棚，他把秋菊橫放在睡鋪上。

「只要你好意思，就整治俺吧，反正俺也不想活了。」她說完雙手撕開上衣，痛苦地閉上雙眼，把兩行淚水隔斷。

路翎再不忍心看她，把頭扭向一邊說：「你扒著洞口向河裏看看吧！看後你就知道了。」他說完走出瓜棚，站在梯子上任雨水從頭上沖下去，胸中翻滾起洶湧的波瀾。

可怕的洪水聲壓倒了一切，滾滾浪濤向大樹瓜棚逼近，一百米、五十米、十米……他沒有懼怕，神色還是那麼安然。

瓜棚連同大樹猛的晃動起來，路翎腳下的梯子像一葉扁舟飄上了浪頭，他沒有離開梯子，那種人人皆有的求生慾使他緊緊的抓住了梯子上的橫木，梯子會被洪水吞沒，路翎會被洪水吞沒。他很後悔，更是害怕，他恨自己，也恨樹上那女人。

浪頭過去了，洪水平靜了許多，驚恐之餘他更覺奇怪，梯子怎麼一直沒離開大樹，他仰起頭，透過細密的雨點，見秋菊那雙纖秀的手正死命的抓著梯子頂端的那根橫木……

月亮鑽出了雲層

槐樹嶺上，亮兒跪在一堆寂寞孤獨的墳前含淚訴說：「媽媽，自從你死後，繼父更加狠心，變本加厲地虐待我，常常趕我滾，我亮兒再不受這窩囊氣，我要離開陳家，離開那狠毒的繼父，回到二十五年前你生我的地方去。媽媽，你在九泉之下要多加保重，到時我還來看你，我大伯家的月兒也會來看你。」他謔地站起來，用手背抹掉臉上的淚水，鑽進了茂密的槐樹林。

密林間有一條若隱若現的小路，亮兒走在上邊，那糟糕透了的心情，就像腳下那散發著黴氣的草地。他感受不到大自然的美妙，也聽不到鳥兒在枝頭歡唱，只覺的心裏無比的煩躁，他扯起襤褸不堪的衣襟抹一把臉上的汗水，深深喘一口氣，朝著深埋在他心底的那個小村急奔。亮兒又想起了昨天的事——昨天下午，他挑著兩桶水走進院子，一不小心踏碎了一隻破雞食瓢，正在吃飯的繼父看到後，跳起來罵他是混帳，敗家子，還趕他滾，他白了幾句，繼父就抄起扁擔朝他的身上砸，幸虧隔院的月兒看到，跳過牆把繼父死死抱住，他才倖免了一頓毒打。

「亮兒哥。」

聽到甜潤柔美的叫聲他止住腳步，回頭見竟是月兒。月兒是繼父的侄女，長的漂亮俊秀，活脫脫一個美人坯子。月兒平時對他最好，可不知現在急匆匆趕來有什麼要緊的事。

「亮兒哥，你真的回於家村？」

亮兒默默地點了點頭。

「我想……」月兒的心像要跳出嗓眼，可話卻吐不出口。

「月兒，有什麼話你就直說。」亮兒盯著她那黑亮的眸子道。

「我想嫁給你。」月兒說完，面顯羞色，忙低下了頭。

「不行，不行。」

亮兒明白，月兒是自己的堂妹，若真的那樣會讓人指指戳戳，說三道四，再說月兒已經定了親，哪有一女許二主之事。

月兒看穿了他的心思，就說：「我十幾歲時，父親就作主把我許給了前坡的熊力，我根本不同意這門親事，想把親事退了，無奈父親硬壓著。可婚姻是人生的終身大事，我應該自己選擇，自己做主。」

月兒有些激動，又道：「再說你姓于我姓陳，咱們根本沒有血緣關係，成親不會有人說什麼。」

亮兒心裏覺得彆扭，還是不點頭。

「你若不答應，我就死給你看。」月兒說完抱著一棵槐樹落起淚來。

「月兒，我喜歡你，只怕今後連累你……」

月兒見亮兒默許，掛著淚水的臉不僅立刻「陰轉晴」，還飛起了美麗的彩雲。她要跟亮兒一塊回去，亮兒沒應。亮兒隨娘改嫁，離開老家已四五年的時間，還不知家中變成啥樣，他要先回家收拾一下。月兒依了亮兒。

一個月後——

月兒走進亮兒的院子，見窄小的院落雖才經打掃，可地上依然還殘留著萌生的雜草，兩間矮小破舊的草房，讓人一看就知道是祖宗留下來的產物，用土坯壘成的前牆經多次風吹雨淋，早已留下無數溝溝道道的痕跡，那只有九根欞的木窗也早已被炊煙薰得黢黑。靠邊的一間小棚已塌頂，木條柴草亂七八糟，牆頭上長滿了狼尾草。此情此景，讓她不禁心生酸楚。

窗欞裏冒出了股股濃煙。月兒見太陽已爬出牆外，就猜到是亮兒在做飯，她懷著一種複雜的心情步入屋內。

房屋內本來光線暗淡加上炊煙彌漫，一時月兒什麼也看不清，她定了定神才看到亮兒正光著膀子，蹲在火爐旁往爐膛裏填柴。不知是柴濕，還是亮兒不得法，爐膛裏直往外冒煙，卻不吐火焰。亮兒被嗆地喘不過氣來，無意回頭才發現月兒。

「月兒妹，你來了。」亮兒站起身尷尬地道。

「看把你熱的，讓我來，」月兒說完伏下身子燒火，火苗映紅了她的臉龐……

飯做熟後，兩人坐在小飯桌前邊吃邊啦。

「月兒，你打譜住幾天？」亮兒停住筷子問。

「怎麼，我剛來就趕我走？怕我住時間長了多吃了你的飯。」月兒佯裝不高興。

「不是！」亮兒忙辯道，「你看這個家……」

月兒扒了兩口飯說：「這個家怎麼了？不就是破了點舊了點嗎，明天咱先把那間小棚撐起來，省的在屋裏做飯又嗆又熱……」

接下來兩個人還仔細商量了重整家院的計畫與譜氣。

第二天一早，亮兒和月兒就忙碌起來。亮兒跑進跑出準備材料，月兒挑著水桶，到井裏打來水，拌好泥。然後，一個端泥一個壘，一個遞草一個苫，很快小棚就整理一新。他們還用剩下來的泥巴，在小棚裏建了一個爐灶，抹平了屋牆上的溝溝道道。一切收拾妥當，月兒進屋端出一盆清水，招呼亮兒洗手，自己又踅回屋裏去整理。這時，院子裏走進男男女女一夥人，他們環顧一下院子裏的變化後，就走到窗前扒著窗櫺看月兒，都說月兒長得俊。

月兒成了於家村街談巷議的重要話題——看姑娘長得多俊，這可是亮兒的福氣；姑娘不光長得俊也能幹；也有人擔心這破爛院子養不住「金鳳凰」。

果然，次日月兒的父親陳成義灰著臉走進院子來。

「月兒咱們祖祖輩輩可都是安分守己老實巴交的莊稼人，從沒賺過半句閒言碎語，你聽爸的話，跟我回去。」

他見月兒低頭不語又說：「你這樣讓鄉鄰鄉親的知道了會笑話咱的，我也無臉見人。」

「有什麼丟人的。」月兒回了父親一句。

陳成義說：「讓熊家知道了會罵咱沒良心。」

月兒沒好氣地說：「他才沒良心。」

陳成義氣得鬍子亂顫。

亮兒忙湊上去說：「大伯要不你先回去，，我再跟月兒說說……」

「說什麼！」陳成義使勁瞪他一眼又轉向月兒：「爸都是為了你好，你看這裏……」

「這裏怎麼了，我就愛在這裏。」月兒說完賭氣把頭扭到一邊。

陳成義知道閨女的脾氣，軟的不吃，嗆的不聽，他雖氣憤，可為了閨女的終身大事還是壓著氣慢慢想辦法。

「月兒，你實心跟他，爸也沒辦法，但總得先回家退掉熊家的婚事。」

「月兒妹，大伯說得對，你就先回去吧。」亮兒也幫著相勸。

月兒見爸心裏有了活路也就退步點了頭。

當亮兒把陳家父女倆送到村邊時，月兒轉身對他悄聲說：「過幾天我再來。」

亮兒默默點了點頭。

月兒的家裏——

「月兒你三歲就沒了娘，二十多年來是我好不容易把你養大。」陳成義說完在鞋上磕掉煙鍋裏的煙灰長長歎了口氣。

月兒坐在炕上，臉朝牆想心事，一隻小雞跳上飯桌，「咣啷」一聲打翻了一隻大碗，兩個人只抬頭看看，誰也不去管。

「月兒，爸還不是為了你好，你看亮兒的家裏，要錢沒錢，要糧沒糧，窮得拿著鍋子當鐘敲，你跟他受苦，爸心裏不好受。」

淚水就像小蟲一樣從月兒的臉上爬下來。

陳成義又說：「熊力的腿雖有點瘸，可模樣長得還算好，他又當著民兵連長，人家見了說話都親三分……」

熊力的為人月兒清清楚楚，他從小就爬牆翻屋，偷雞摸狗，後來去當兵，沒一年就又回來了，還鬼使神差地當了民兵連長。他的腿可不是在戰場上打仗傷的，而是趴著窗子看女人，被人打傷的。

「今年麥後熊力來看我時，一次就拿來了五十塊錢，另外還給你買了一身料子布。」陳成義說到此，月兒一頭撲在被子上放聲大哭。

那天，熊力背一個筐子來到月兒家，月兒正坐在炕上縫衣服。熊力就問：「月兒，就你一個人在家？」

月兒不高興地說：「我爸上坡了。」

熊力從筐子裏拿出一塊的確良花布：「月兒這布好看嗎？」說著便和月兒坐到一塊。

月兒還沒抬頭腰就被一隻胳膊緊緊摟住，她掙扎著，張大了嘴卻喊不出聲來，這時爸爸從坡裏回來她才脫了身。

月兒從炕上爬起來喊道：「我就不跟那沒安好心的。」

陳成義搖了搖頭，又想了好久說：「你真的不跟熊力也沒辦法，我去把話和人家說開。回頭，你把彩禮還給人家，也算了結這門親事。」

陳成義走出了家門，月兒抹掉臉上的淚水，悄悄跟在爸爸的後面，一直到村外，見爸爸真的朝熊家走去才放心回家，開始翻箱倒櫃拾掇著熊家以前送來的彩禮。

晚飯時爸爸回來了，身後跟著四個男人，其中就有熊力，她以為這些人是來取回彩禮的，就跑進屋抱出了早已準備好的彩禮包袱，誰知四人一湧而上，奪下包袱拖住她就往外拉。爸爸騙了她。她用力掙扎，無奈八隻大手就像八隻鐵鉗死死咬著她的胳膊，她想喊，嘴裏早已被堵上了一塊棉布，她用頭撞用腳踢，四人就乾脆用力把她舉起來，一直跑出村去。

深夜，熊家院內除了幾聲蛐蛐鳴叫，並無其他響動。暗淡的月光透過一棵老榕樹的枝隙映出一人的身影，他是熊力的父親熊斌。熊力怕月兒夜裏逃跑，有意讓父親守在院內。

屋裏還亮著燈，月兒含淚坐在床上，靠床的窗臺上放著一碗飯，早已涼透，幾隻飛蛾粘在上面。

熊力的妹妹熊芳走到月兒身邊說：「月兒姐不要哭了，這樣會哭出病的。」

月兒把臉一扭，熊芳也為她難過。

熊力把月兒搶進家，本想夜裏逼她與自己同房，先生米做成熟飯再說，卻被熊芳識破。熊芳提出和月兒睡在一起，熊力只好答應。

熊芳理解月兒此時此刻的心情，又說：「我知道你恨我哥，我也不願哥這樣做，可已經到了這一步，你也得想開點。」

月兒轉過頭來說：「你真為我好就放我走。」

熊芳壓低聲音說；「不行，我爸早在院子裏看著你。」

「那怎麼辦？」月兒問。

「你先睡下咱再慢慢想辦法。」

月兒只好照辦。

天剛濛濛亮，月兒就被喊醒，她見熊力和他的兩個叔兄弟站在自己面前。

「今天你就跟我到鄉政府去辦結婚手續。」熊力說完，他的一叔兄弟上來拉她。

她不肯走，熊力便揪住她的頭髮往外拽。路上，月兒想尋找機會逃跑。路過一小村邊時，她藉口方便，逃進了村。

熊力雖有防備，到追進村時人已無影無蹤。他見一老漢挑糞走來，忙上前搭腔：「大爺，您見沒見一姑娘跑進村？」

老漢停步打量著熊力問：「是打仗跑出來的？」

熊力慌忙點頭。

老漢便朝一座廢墟指指。

熊力來到廢墟見月兒藏在一個角落裏，剛要發作又停了下來，他怕月兒喊起來惹來麻煩，便又硬拉她上了路……

在鄉政府辦公室裏，文書正往結婚證上填字，月兒、熊力等人圍桌站著。

文書寫完對月兒和熊力說：「你們二人自願結婚，從現在起就是名符其實的夫妻了。」

月兒搶著說：「我們的事是大人包辦的，不是自願。」

「不自願為什麼還跟他來辦理結婚手續？」文書問。

「是他逼我來的。」月兒指指熊力說。

「是他逼你來的？驢不喝水摁不下頭去，你還是在結婚證上按個手印吧。」

文書說完，熊力硬拿著月兒的手按下去，一個血紅的手印就像一座大山壓在了她的名字上。

回家，熊力還怕她跑，不許她出門與陌生人來往，還派人暗地裏監視。晚上，熊力逼她跟自己睡覺，月兒不肯，他就用皮帶抽她。每次挨打，熊芳都站在門外苦苦乞求。月兒已被糟蹋得不成樣子，眼神游離，面色暗淡，身上青一塊紫一塊，走起路來像沒魂。

一天上午，熊力的叔兄跑來向熊力小聲嘀咕了幾句，兩人就匆匆走出了家門。坐在樹下做針線活的熊芳像聽清了什麼，也跟著走了出去。一會熊芳跑進來告訴月兒，是亮兒來找她，被哥哥綁了起來，月兒聽了想去見亮兒，可大門已上了鎖。

隊部的大門插得死緊，被五花大綁的亮兒被吊在一棵樹上，熊力手握一根麻繩正用勁往亮兒身上抽，一繩抽在他臉上，鮮血從臉上滴下來，浸紅了腳下的一塊土地。

「喂！為什麼打人？」有人趴著牆頭高喊。

熊力見牆上盡是人頭，怕惹怒了眾人，才停手讓人把亮兒放下來，鬆開綁拖進一間曾作油坊的屋裏又上了鎖。

屋裏黑洞洞的，且油膩潮濕。亮兒躺在地上痛苦的呻吟著，可他並不後悔來這裏，他相信月兒不會變心，他心裏有許多話要跟月兒說，他盼月兒出現在眼前，哪怕只讓自己看上幾眼。

「亮兒，亮兒！」從窗外傳來了一個姑娘的聲音，他以為是月兒便掙扎著爬到窗下，扶著牆站起來，可不是月兒。

「你是誰？」亮兒有氣無力地問。

「我是熊芳，」熊芳扒著窗口說，「我是來告訴你，月兒心裏只有你，她讓你一定等著他。」

「好小妹，你回去告訴月兒我一定等她。」亮兒又問：「她現在怎樣？」

熊芳說：「沒什麼，只是被我哥哥看得很嚴，不過她會想辦法逃出來。」

「謝謝你。」亮兒看著熊芳離去的背影心裏很感動。

到了夜裏，熊力帶人來到油坊，對亮兒一頓拳打腳踢後，讓其叔兄把亮兒拖出了村外，撇在了荒野裏。

亮兒望著茫茫四野，胸中波濤翻滾。

深夜，烏雲遮住了星月，天際不斷亮著閃電光。被關在屋裏的月兒心情沉重，她想逃出去找亮兒，無奈門也被鎖了，就連窗門也被用鐵絲擰死。她隔窗凝望夜幕，空中厚厚的雲層不斷地破裂，閃出耀眼的白光，照亮了屋後的樹木，接著跟來一串串炸雷，震得玻璃直響，她的心裏也咚咚直跳。她怕熊力突然歸來，對自己施暴，急得在屋裏團團轉。最後她拾起一根木棍，剛要朝後窗子上的玻璃砸去。就聽到外面傳來「嗒嗒嗒」的走路聲，她以為是熊力，準備跟他拚命。

窗子打開了，是熊芳站在外面。月兒手裏的木棍掉在地上。

「快出來，月兒姐。」

熊芳話音剛落，月兒便跳出了窗外。

熊芳急忙把一個布包塞到她的懷裏說：「這是我剛烙好的油餅，拿著路上吃。」

月兒激動地撲到她懷裏。

「月兒姐快起來，等我哥回來你就又走不了了。」熊芳說，「我送你上路。」

「咔嚓」又是一個炸雷震的月兒頭腦發脹。熊芳牽著月兒的手深一腳淺一腳地在樹林裏摸著。

「注意前面是個樹坑，靠左……」

月兒聽著熊芳的話東躲西閃，兩個人好不容易跑出了樹林。

上了路，月兒抹一把額上的汗水說：「芳妹，我知道路了，你回去吧！」

熊芳把隨身帶來的一條長鐵鉤遞給月兒說：「拿著以防路上遇到野狗。」

月兒冷不防跪倒在熊芳腳下。

熊芳雙手把她扶起來說：「看樣子天就要下大雨了，路上要小心。」

「芳妹，你就放心吧。」月兒說完起身離去。

又一道耀眼的閃電光撕破了厚厚的雲層，大雨嘩嘩下起來，雨水從她的頭上沖下去，似沖走了她滿腹的心事。她的腳下是一條彎曲的土路，路面泥濘不平，她行走起來顯的很吃力。

這是她第一次冒著磅礡大雨走夜路，黑暗中的一切都使她膽顫心驚，她怕咆哮的山洪把她帶進無底的山澗，她怕尋食的野狼撕碎她的衣服……遠遠傳來幾聲狗叫，提醒她已來到了自己的村邊，她想回家躺倒床上睡上幾天幾夜，可又怕爸爸再把她騙進熊家。自己千方百計逃出來是為了去找亮兒哥。她不再猶豫，繼續摸黑朝著於家村摸去。

月兒的兩腿就像灌了鉛，沉得拖不動步。她已行了十幾里山路，要到亮兒家，還須翻過槐樹嶺。她的眼前仍是一片漆黑，到處響著落雨聲和流水聲。她只好憑記憶向前摸著。眼下她除了擔心走錯路早已什麼也不怕了。她繞過了幾道彎，開始爬槐樹嶺。嶺上亂石成堆，就是大白天行走不小心也會摔跟頭。月兒不是迷了方向就是跌跤。身上已被鋒利的石頭劃破幾處。終於，她好不容易爬上了嶺巔。

雨漸漸小了，月兒身上冷成一團。

「糟糕，一定是感冒了，病在這荒郊野外可咋辦？」她正想著，一腳踩空，掉進了一道深溝裏，她剛掙扎著爬出溝，就痛得昏了過去。

雲不再那麼厚，夜空開始濛濛發亮，一個黑影正朝月兒昏倒的地方移動。是人？可四肢著地；是野獸？卻從嘴裏發出了只有人痛苦時才有的呻吟之聲。

他是亮兒在爬行。

亮兒被熊力的叔兄拖到荒野後，由於剛被毆打過，再加上饑餓，已站立不穩。可他還是強忍著渾身劇烈的疼痛往回趕，大雨澆到他的身上、傷口上，疼得他昏了過去。當他醒來時再也站立不起來，他就咬緊牙關往前爬行，兩膝磨出了血，兩手被磨破，渾身沾滿了稀泥，鞋子也丟了一隻。來到離媽媽的墳堆不遠，他多想爬到媽媽的墳前，向媽媽傾吐自己所受的委屈和滿腹的心裏話，哪怕趴在媽媽的墳上痛哭一場，可他連爬的力氣也沒有了，又一次昏過去。

月亮鑽出了雲層，星星由稀變密。雨後的槐樹嶺到處響著流水聲，月兒醒來見路旁的草被水沖得像被梳理過，她抬頭捋了幾把蓬亂的頭髮，無意間見身邊躺著一個人，嚇得「哇」的一聲用手捂住了臉，把頭埋在兩腿間。閃間她覺得那張臉十分熟悉，難道真的是亮兒？是真的。

「亮兒哥，你醒醒，你醒醒呀。」

亮兒睜開了眼驚愕地望著月兒：「你……是月兒……真的是月兒？」

「我是月兒，真的是月兒。」月兒說著把亮兒扶起。

兩個人激動地緊緊拖在一起，各自的淚水悄悄落在對方的肩頭，他們依偎著相互傾訴著自己的苦衷，淚水流乾了，話說盡了，誰也不願意先鬆開緊拖著對方的手。突然，月兒似想起了什麼，從口袋裏掏出一個被雨淋濕的布包，迅速打開，把一塊油餅塞到了亮兒的手裏。

亮兒餓極了，狼吞虎嚥地吃起來，吃完把嘴一抹說：「月兒，咱們走吧。」

兩人站了起來。腳下，潔白的月光照亮了小路。

菜市場

上篇

曹林——

曹林騎著摩托車把一簍青菜帶到菜市場時，天才剛放亮，除了趕早來賣菜的人，買菜的人還都不上市。曹林把簍裏的黃瓜、番茄、還有一小撮鮮辣椒整整齊齊擺到攤位上後，閒著沒事，就又擺弄起他那桿秤來。他先是跑到肉市場，不知從誰的豬肉架上撿來指頭肚大一塊肥嘟嚕的白肉，然後坐在菜簍上拾起秤，把肉安在那棗紅色的秤桿上，來回的抹反覆地擦，抹擦數次之後，秤桿便油亮賊滑。他拾起地上的秤砣，把砣繫套在秤桿上，裏推外拉地試了幾次，感覺還達不到自己理想的滑度，就重新換了一根秤砣繫，這次換上的是一截又細又滑的尼龍線繩，滑秤桿對滑秤砣系，按曹林的說法那叫——絕了。

「這番茄多少錢一斤？」

聽到問話，曹林見是一位趕早市的女人，女人的臉蛋和她的聲音一樣動人。她是今天的第一位顧客，曹林不敢怠慢，邊拾秤邊答道：「不貴，五角錢一斤。」

女人不再說話，只是低頭往秤盤裏揀番茄。

曹林的嘴可閒不住，也不管對方願聽不願聽，只顧自己說：「大姐，你看這番茄，個頭大，皮紅，沙瓤，又沒污染，你買回去生吃爽口，做菜噴香，那叫絕了——這樣好的菜，我本該賣的還得貴一點，可看在一大早我開市大吉，你又是第一位顧客，我再賤五分，就算四角五分錢一斤給你。」

說話間，女人已拾滿了秤盤。曹林拾起秤來稱，他高高撮著秤桿的手，先鬆砣繫，後撤秤桿，砣裏滑，桿外挑，五斤番茄噶蹦噶蹦高。女人不放心，他又稱一次，動作極其熟練，也極快。女人瞪著美麗的大眼還是沒看清，不過瞄著秤桿高挑心裏卻覺得不吃虧。

女人提著菜走後，對面攤位上的王春波朝著他小聲罵道：「鬼孫，第一秤就少給半斤，欺負一個女人，就不怕你老婆生個孩子不長屁眼。」

「偽君子！」曹林狠狠地回了一句。

王春波——

買菜的人陸續多起來，他們或男或女，或老或少，手裏不是挎個籃子就是提個網兜滿菜市場裏轉。這時他們並不急於買菜，只是看貨問價。王春波早已摸透了規律，也不急於叫賣。這一集他帶來滿簍綠葉橄欖，眼下他正往攤子上擺。他把橄欖葉朝上頸朝下，擺得極有條理，不過很短的時間攤前就聚了一汪水。許多人就覺得奇怪，不知橄欖裏為什麼會流出這麼多水。其實是不明白橄欖裏怎麼會進去這麼多水。王春波當然明白，他慶幸自己的菜園子邊有一股汩汩清泉，積一池幽幽碧水。上市的前一天下午，他便砍倒地裏的橄欖，然後剝去老葉，扔進清水池裏，水面上就開始冒出許多小水泡，一夜的時間橄欖菜就喝足了水，就增長了體重；第二天一上市，只要正確擺放，那水一時半刻是不會流出來的，等菜進了秤盤，水就是重量，水就是錢。王春波望著菜攤前的水，就覺得流去了好多錢。他不得不把橄欖菜重新擺放，這次是菜葉朝下頸部朝上，果然見效，水不再外流。

王春波見有人去買斜對面攤位上的橄欖菜，就朝那人喊：「買好橄欖菜的到這裏來喲，咱這橄欖菜是新品種，心實、味美、價廉。」

那人真的被他的話招了過來。不過人家只抱起一棵菜掂了掂分量，就又朝斜對面的菜攤奔去，顯然是遇上了內行買手。

王春波並不感到失望，這是在他預料之中的事。他抬頭看看太陽，然後就耐心的等待。他相信自己的菜攤不會就這樣一直冷靜下去，很快買菜的人會像潮水般湧來。

呂永豐——

呂永豐的菜攤緊貼曹林的右旁。他常年賣菜，得出了一條經驗——貨賣大堆。攤位上的菜堆頭大了，本身就招人惹眼，如果再加上蔬菜品質好，就一定會引來不少顧客。

呂永豐把兩簍茄子全都擺到攤位上，疊得就像一座小山，。很快地，有人走上前來問價。

「這茄子多少錢一斤？」

呂永豐抬頭見是一位穿著漂亮的姑娘，答道：「五角。」又問：「買幾斤？」

「也不回家照著鏡子看看，德性。」姑娘說完撇了撇嘴調頭走了。

呂永豐憋得滿臉通紅，火氣只好在自己心裏發：「你不就是嫌貴嗎？嫌貴不買就是——讓我回家照著鏡子看什麼？看我長著鬥雞眼、獅子鼻、兜風耳。說到底不就是看我長得醜嗎？我長得醜礙你什麼事，我又沒硬拽你給我做老婆。你是來買菜的，又不是來相親的。什麼是德性，也沒照著鏡子看看自己，臉上的粉抹的再厚能蓋住滿臉『黑雀斑』，不就是穿得好點嗎，裝什麼嫩，賣什麼臊，還不是繡花枕頭——草包一個。」

呂永豐受了嘲諷，愈想愈窩囊，恨不得追上那女人狠狠咬她兩口。

「這茄子是怎麼賣的？」這次問價的是一個四十多歲的男人。

呂永豐在菜市場上常見到他，特別是他那一臉絡腮鬍和早已落了髮的禿頂，給呂永豐的印象特別深。這人是專門拾集頭的青菜販子，常常閃爍著狡黠的目光，在青菜市裏遊逛。

這次呂永豐沒有盲目要價，見那人一手提一根長桿秤，一手拿一空麻袋，就問：「你要多少？」

那人說：「至少要你攤位上的三分之二。」

呂永豐說：「你要得多，算四角錢一斤，不能挑不能揀，只能從一頭挨著拾。」

「不行，太貴。」對方有意巡視了一下市場四周說：「這一集茄子賊多，零售也不過是三角錢一斤，我四角錢開過來還不賠掉了腚。」

「那你出多少錢？」呂永豐試探著問。

「三角錢一斤，不挑不揀。」販子回價。

「三角五一斤，願意你往麻袋裏裝貨，不願意咱們兩便。」呂永豐說完不再理那販子。

販子見呂永豐的話再沒轉圜的餘地，細細在心裏盤算了一番也點了頭。

買賣成了交，兩個人開始往麻袋裏裝貨，裝到一半就過秤。一人提秤麻袋不離地，販子找來一根小木棍，伸進秤繫兩人抬上肩。

呂永豐扶秤，他把秤砣裏推外拉總是穩不準星，就懷疑販子在搞鬼，偷偷觀察果然如此。那販子一隻腳，腳根拄地腳尖朝上頂著麻袋一角。

呂永豐雖長得其貌不揚，可心裏並不笨。他機靈一動，用一隻腳踩住了朝自己前懷的麻袋角。這就叫你不仁我也不義。

其實在平時，呂永豐最講公買公賣，經他稱出去的菜從不短斤少兩，但是誰要是想變著法子占他的便宜那可就另當別論了。這就叫傷人之心不可有，防人之心不可無。

販子共要了三鉤，一鉤六十斤共一百八十斤，貨到手錢付清，販子覺得占了便宜，呂永豐也覺得沒吃虧。

呂永豐把剩下的茄子湊在一起，攤子上留出了一截空位，這時正好一個遠路來賣菜的姑娘找不到攤位急得頭上直冒汗，呂永豐就把空出來的位讓給了那姑娘。

白玲——

白玲出門不順，偏偏在來集市的路上斷了自行車鏈，等她想辦法把鏈子接好趕到集上，青菜市裏的攤位已被人占滿。好在呂永豐把空出的攤位讓給了她。她邊往攤位上擺放著甜椒邊用清泉玉珠般透亮的眼睛去看呂永豐，見呂永豐滚圓的鬥雞眼也正盯著自己，那漂亮的臉蛋便露出了甜美和感激的微笑。

白玲擺完菜，摘下自行車上掛的橘黃色小巧玲瓏的錢包，從裏邊掏出四毛錢遞到呂永豐面前，算作攤位票錢。呂永豐紅著臉擋了回去，白玲心裏反倒有點不安。

「學習雷鋒好榜樣，攤位讓給美麗的姑娘……」

左旁攤位上曹林那陰陽怪氣的唱聲弄得兩個人都覺得怪不好意思。不過說白玲長得美可一點也不過分，那細長濃黑的眉毛，小巧玲瓏的鼻子，靈活滾動的大眼，豐腴的乳胸和苗條的腰肢，充滿了成熟女性的魅力。不知是她那甜椒的誘惑，還是她長相漂亮的原故，賣菜的人都願往她的菜攤前湊，不過多數人是閒站在那裏扯一些不著邊際的話題。她手裏稱著菜，嘴裏也不閒著，買菜的人和閒站的人就都覺得找到了一片陽光。

突然，許多人朝菜市場相鄰的瓜果市場裏跑去。白玲好奇的望去，見一中年男子用三輪車運來滿滿一車西瓜，那西瓜又大又鮮亮，也是市場上的獨一份。圍上來的人，有的高聲問價，有的伸手去翻動車廂裏的西瓜。

白玲心裏就覺得好笑，這真是應了一句俗話：「趕集的人一窩蜂，哪裏人多就往那裏湧。」

其實這大熱天的白玲也早已口渴，她也想湊上去買個西瓜止渴解熱，又不敢輕易離開自己的菜攤，只是眼光戀著。無意間她看到有人趁人多忙亂，抱起一個西瓜偷偷離去。還有幾個眼神游離，神色詭譎的人，大有看不見就拿一個的意思。

果然，一染著紅頭髮，穿著方格褂的年輕人，湊到車前抱起一個西瓜敲了敲，裝作試看西瓜生熟，趁人不注意快速搗進了他身後一穿牛仔褲的黑皮包裏，牛仔褲若無其事地離去。

白玲心裏罵：「卑鄙無恥的東西。」她知道種瓜種菜的艱辛，不忍心看著那人的西瓜白白被人偷走，就撇下自己的菜攤，朝賣瓜人走去。

她走到賣瓜人身邊剛要說什麼，那幾個傢伙已看出她是「扒豁」的，其中一個朝她惡聲惡氣地說：「狗拿耗子多管閒事，有你的好看。」說完悄悄散去。等白玲返回自己的攤位再去稱菜時，卻哪裏也找不到了秤砣，她知道是有人故意捉弄她。

下篇

曹林——

曹林剛給一位穿短袖衫的中年婦女稱完菜，一個骨骼瘦小的老頭氣呼呼來到他的面前，「砰」的一聲把一網兜辣椒摔在了他的攤位上。

「年輕人，你憑貨我憑錢，你為什麼少斤短兩？」老頭的話一出口就火藥味十足，說話時氣的一小撮山羊鬍子亂抖。

穿短袖衫的中年婦女見有人說曹林稱菜少斤短兩也站了下來，她除了想看看動態的發展外，更擔心自己籃子裏的菜不夠數。

「大爺，我不會少給你。」曹林耐著性子跟老人狡辯，「你看，我這秤是經工商局驗證過的，上面還貼有人家的證印呢。」

曹林說完把秤伸到老人的眼前。

老人先是微微一怔，接著又高聲說：「我不管你驗證不驗證，我只知道買了你三斤辣椒你就少給了半斤，當著大夥的面你就再重新給我秤一遍。」老人把網兜裏的辣椒全都重新到進了曹林的秤盤裏。

這時攤前又湧來許多人觀看。事情到了這一步，曹林不得不拾起了秤，他一隻手把秤繫安在三斤星花上，讓老人看看，也讓周圍的人看看，然後把秤高高舉起先鬆砣繫，後撒秤桿，結果砣裏滑桿外挑，大家都相信三斤辣椒愣高。

有人開始埋怨老人財迷心竅無事找事，可老人因胸中有數倍加注意，早就看出了他稱菜的鬼把戲，硬是讓曹林再稱一次。

曹林自覺花招高明也沒在乎，又提起了秤，這次他剛把砣繫安在秤星上，老人就特別強調，要他扶秤的手在鬆砣繫的同時也撒秤桿，曹林在眾人面前不得不這樣做，結果秤砣外滑砸在了腳背上。

人們這時才明白了曹林的秤桿為什麼用油擦的光滑賊亮。當然他的騙術練到這般地步也並非一日之功，要知道他扶秤的手鬆砣繫比撒秤桿僅快一秒鐘的時間，溜滑的秤繫就會在賊滑的秤桿上空往裏滑動半斤之多。

曹林見自己的騙術被人識破就像在光天化日之下被人剝光了衣服一樣狼狽。圍觀的人有的罵他變著法子坑人斷子絕孫，有的給老人助威高喊著揍他，他見事不妙趕緊從菜攤上往老人的網兜裏捧辣椒。

一直站在一旁的中年婦女，秤了一下手裏提的番茄也缺了四兩，兩個人正爭持不下，哇哇叫著跑來一個啞巴，啞巴氣得滿臉發紫，哇哇用兩手比劃著，那意思是說，他買了四斤番茄曹林少給了他六兩。隨後拾起曹林的秤往右腿上一橫，「叭」的一聲折成了兩截。

曹林也火了，奪過一截秤桿就往啞巴的頭上刺，卻沒有啞巴的拳頭來的大塊，一拳砸在他的鼻子上，鮮血頓時流了出來。

這時兩個戴大蓋帽的走來，把他倆帶進了集市管理所。沒多長時間，曹林哭喪著臉走回來，把手裏捏的一張五十元的罰款單摔在了攤位上。

王春波——

菜市場裏的人愈來愈多，潮水般湧來湧去，懸在頭頂的太陽火辣辣的熱，讓人喘氣都感到困難。擺在各攤位上的青菜都被太陽曬的耷了焉。

王春波攤位上的橄欖菜因喝飽了水，底氣十足，仍是水靈鮮亮。俗話說：「貨賣一張皮。」那些提兜挎籃買菜的誰不願買好看的順眼的，王春波菜攤前的人愈聚愈多，爭著往前湊，唯恐晚到搶不上。

王春波邊手忙腳亂地稱菜，邊在心裏暗暗得意自己的點子高明。他既不擔心因少斤短兩被罰款，也不怕因菜裏摻水賣不出去，只知道把大把大把的票子往兜裏裝。他常常把賣菜的人比做是相親的，相親的人有的注重對方的心靈美，而更多的卻是注重對方的儀表美，可儀表美的未必就心靈美。就像他眼前的橄欖菜表面水靈好看，肚子裏未必不裝著「壞水」。

王春波的橄欖菜很快賣完了，下集還早，他就把秤收起來提著錢包在青菜市裏轉。他發現這一集甜椒上得極少，且價格也高。「物以稀為貴」，這又應了一句老話。上一集上市的甜椒賊多，只有五角錢一斤。而這一集甜椒賣到了每斤一元，整整漲了一倍。可奇怪的是一個高個男人的甜椒只賣七角錢一斤。王春波有些不理解，就蹲下身來細細翻看。

見那些甜椒個頭大，肉皮厚，色澤鮮，並看不出裏邊有什麼詐，他就認定這高個肯定是個外行——不是不知行情，就是很少趕市。他準備把高個的甜椒全部張過來，也嚐嚐做青菜小販的滋味。他早就在心裏算好了一筆帳：高個的甜椒大約還有二十多斤，就按二十斤計算，七角錢一斤，全賣過來花十四元，轉手賣一元錢一斤，脫手就能賺六元錢，這就叫不賺白不賺。他見高個賣得很快，怕搶不到手，來不及討價還價，大聲跟高個喊：「你攤上的甜椒我全要了。」

高個早就求之不得，再不往外零稱，決定全部賣給王春波。甜椒一上秤，稱了二十二斤半，高個仗義，收了十五元錢，送了四角錢的人情。王春波得了寶似的把甜椒用尼龍袋背回了自己的攤位。

一個戴著眼鏡文質彬彬的男人走到王春波的菜攤前，不問價也不說話，默默拾起一隻大個頭的甜椒掂了掂，再舉到耳畔晃動幾下，放下，又拾起一隻，重複一遍，然後習慣性地拍拍手說：「你的甜椒頂多四毛錢一斤。」

「為什麼？」王春波先是不解，又想到這人肯定是為了少花錢，有意貶低自己的貨物。

「你的甜椒裏有假，這你比我更明白。」那人不知王春波的甜椒是販來的。

王春波也被說得半信半疑，正在猶豫間，那人已拾起一隻甜椒，用兩隻手掌輕輕一擠，「嘩」的一聲從那擠破的甜椒裏流出了許多水，再擠破幾隻也同樣有水。

王春波看傻了眼，他萬沒想到這天衣無縫的甜椒裏也能灌進水去，更不會想到把甜椒泡在水裏，水就會從甜椒的鄂片下滲進甜椒的肚裏。在水裏泡的時間愈長，滲進的水就愈多。天機一旦洩露，要買的人便紛紛離去。

王春波提起甜椒氣勢洶洶地去找高個男人，那人早已無影無蹤，他只好自認倒楣。

呂永豐——

呂永豐攤子上的番茄還剩極少，除了個頭碎小的就是害蟲咬過的，按以往的規律，這類蔬菜只有等快要散集時，那些不願多花錢，買不起好菜的人才能來買。

呂永豐的秤閒著就讓給白玲用。其實白玲丟了秤砣後，一直是用他的秤。白玲稱菜的姿勢很美，很迷人，呂永豐不能不看。

「看到了什麼？紫葡萄。」

鄰攤曹林的問話有些怪聲怪氣，白玲被搞得莫名其妙。

呂永豐聽了一陣臉紅，心裏砰砰直跳，他知道曹林是藉他看白玲之機，暗揭上一次他偷看一個姑娘乳房之事。其實那也算不得偷看，要不是那天下起了雨，那姑娘薄的透明的衣服就不會被淋濕緊緊貼在胸前，他就不會注意去看到姑娘那豐滿的乳房。

實際上曹林也看到了，集市上許多人都看到了，看了就看了吧，值得牢牢記在心裏？曹林這傢伙就這點不好，老拿別人開心。

呂永豐就想：「你小子再不懷好意，讓你老婆的紫葡萄上生個毒癤子，變成爛葡萄。」

呂永豐開始坐下來清點黑提包裏的錢，他把面額不同的票子分門別類擺放在一起，仔細的點了兩遍大大小小的票子共一百多元，他的心裏生發出了一種滿足感。

呂永豐想盡快處理掉剩餘的番茄，這時一個穿圓領衫的姑娘向他問價。

呂永豐說：「這是剩貨咱就賤賣，咱也不上秤了，給我兩元錢你全拿走。」

姑娘估計了一下番茄的數量，覺得還算便宜，就掏給呂永豐兩元錢，彎下腰往兜裏拾。姑娘拾番茄的動作很慢，像有意精心挑揀。

呂永豐隨急著收攤，卻也不好說什麼，沒事就去瞅那姑娘，無意間從衣衫的圓領裏看到了姑娘豐滿的乳胸，那可是姑娘名符其實的重點保護區。呂永豐的目光一碰上它，就有一種奇妙神秘的感覺。姑娘那早已發育成熟的乳房，可謂橫看成嶺側成峰。他再仔細觀察那高聳的乳峰，也確實是紫紅色。於是他在心裏激動地高喊：「紫葡萄萬歲！」

姑娘提著番茄走後，呂永豐有些茫然，也有些失落，這種感覺已多次在他心裏出現，只是這次更為明顯。他看著姑娘的背影又想，他的胸前為什麼不戴乳罩？

白玲——

白玲的胸前戴著乳罩，穿的衣服也厚了點，扣得又嚴，粘膩的熱汗把衣服貼在身上，心裏有說不出的煩躁。

不知呂永豐啥時離去的，這時已抱來一個花皮大西瓜，用刀砍開遞給白玲一大塊，白玲正吃著，攤前走來幾個「大蓋帽」，說是派出所的，查有沒有帶自行車證。

白玲上集前根本沒有想到查車的事，也就沒有帶上自行車證，一個「大蓋帽」就給她開了一張罰款單。白玲接過來一看是兩元，雖說有些不情願，可還是付了。

白玲的甜椒也所剩無幾了，她想盡快賣完，因為她一直用著呂永豐的秤，她賣不完菜，呂永豐也不好走。

「阿姨，俺買甜椒。」一個八九歲的小姑娘提著塑膠兜站在白玲面前。

「小妹妹，你買多少？」白玲微笑著問。

「俺娘叫俺買三斤，」小姑娘天真地說，「剩下的錢還要賣黃瓜、芹菜。」

白玲覺得小姑娘挺有趣，就邊秤菜邊逗她：「小妹妹，買這麼多的菜給誰吃阿？」

「聽俺娘說買了菜是請村幹部。」小姑娘突然又說：「喲！我忘了，俺娘不讓告訴別人。」

白玲笑著把三斤甜椒倒進小姑娘的菜兜裏。小姑娘的手伸進口袋去掏錢，可一直摸不到，她不曉得口袋裏的錢是被自己丟了，還是被人偷了，急得兩眼直落淚。

「我口袋裏的錢沒有了。」小姑娘哭著說。

「小妹妹，你口袋裏裝了多少錢？」白玲也替她著急。

「十塊錢，媽媽囑咐過我不要丟了，回家媽媽要揍我的。」小姑娘哭得更厲害。

白玲只好安慰道：「小妹妹不要哭了，我秤給你的菜就不要錢了。」

「可我沒錢買黃瓜和芹菜了」小姑娘還在哭。

白玲從自己的錢兜裏揀出十元錢，塞進小姑娘的手裏說：「小妹妹這錢就算阿姨送你的。」

「媽媽不讓俺要別人的東西。」小姑娘雖停住了哭聲，可不願接受百玲的錢。

「要不，就算我借給你的，等你長大了再還我。」白玲想辦法哄她。

小姑娘不再說什麼，把手裏的錢攥的緊緊的，唯恐飛了。

白玲買完菜後，把秤還給了呂永豐，並說了不少感謝的話。兩個人開始收拾攤紙，準備下集。

白玲在往自行車後坐上放菜簍時，突然發現自己丟失的秤砣在裏面，砣下還壓著十元錢。她猶豫間像明白了什麼，目光忙在人群中搜尋，她看到那個染著紅頭髮，穿著方格褂的偷瓜人，手裏牽著剛才丟錢的小姑娘，正朝自己笑。

白玲回了他們一個真誠的微笑。

讓他傷心的那座城市

天要黑的時候，吊在半空粉刷樓牆的阿強被工友放了下來，算是做完了一整天的活。阿強是一個很愛乾淨的年輕人，他落地後急忙走進一座工棚裏，先是把粘滿塗料的衣服換了下來，又倒上一盆清水洗了臉，才往自己的住處趕。

阿強的住處離他施工的地方還有五里多路，好在工地前正臨城市的中心路，坐公車回去用不了多長時間。阿強在路邊等了沒多久，公車就停在了身邊，他隨著人流擠上車，車上已沒了空座，就只好站著。幹了一天活的阿強，早已累得精疲力盡，站都有些站不穩。

這時，一個年輕時髦的女人從後邊擠到了前面，差點把阿強擠倒。阿強也懶得與那女人計較。女人站得離他很近，女人兩隻耳朵上那嫵媚冶麗的大耳環不斷在他的眼前晃動，讓他有些心猿意馬。阿強還看到女人的肩上斜挎著一隻米黃色坤包。

突然，一個戴墨鏡的年輕人的手悄悄貼到了包上，坤包瞬間被鋒利的刀片劃破。阿強搶上去一把握住了墨鏡的手，這時公車正好停站，墨鏡男掙脫了阿強的手，急忙逃下車去。

女人沒有追下車，只是把破損的坤包抱在懷裏，一個勁地對阿強說：「謝謝，謝謝！」

公車再次停下來的時候，阿強下了車，想不到那女人也跟下了車。她緊走幾步，追上阿強說：「大哥，你替我抓住了小偷，我請你吃飯。」

阿強說：「不用，我還是回宿舍吃吧。」

女人就說：「大哥，我可是真心請你喲，你不能連這點面子也不給吧。」說完就抱著阿強的胳膊往附近一家酒館裏拉。

阿強看女人真心實意，又怕在大街上被一個女人拉拉扯扯引起行人的誤會，也就半推半就地隨女人走進了酒館。

女人點了滿滿一桌菜，還要來一瓶上等紅葡萄酒。阿強第一次與一個陌生女人坐在一起喝酒，先是有些拘謹和尷尬，隨後又感到無比的浪漫。很快兩個人談得十分投機，都有點相見恨晚的意思。

女人說，她也是從農村來這座城市打工的。剛來，還沒找到工作，臨時就住在這家酒館。幾杯葡萄酒後，女人又給阿強換了白酒，還說男人喝白酒才像男人樣。

阿強為了在女人面前像男人樣，就把一杯一杯的白酒倒進了肚子裏。藉著酒力，他的目光大膽地在女人身上掃來掃去。他看到女人除了唇上的口紅抹得濃豔了些外，臉蛋還算標緻，胸脯也十分飽滿，心裏開始迷亂。

喝完酒，阿強說要回住處，女人卻要他到自己的房間裏坐坐。阿強就迷迷糊糊跟女人走進了一間客房，又迷迷糊糊地上了女人的床。

第二天，阿強醒來，不見了女人的身影。正覺奇怪，房門突然被打開，一個漂亮的女服務員走近他說：「先生，你太太先走了，她讓你支付這個月的房費，總共是一千五百元。」

阿強怔了一下，馬上明白，自己是落入了一個圈套，於是急忙辯解：「服務員同志，她不是我太太……」

服務員沒等他說完，就插嘴道：「她不是你太太，你怎麼會睡到她的床上。」

「這……」阿強知道一句半句的話道不清，就索性說：「反正我跟她沒有任何關係，這錢我是決不會為她付的。」

這時從外面闖進兩個兇猛魁偉的男人，服務員走近其中一個面部灰黑，鼻毛外露的大漢說：「彪哥，這人想賴帳，不交房費。」

那個叫彪哥的男人，上來照阿強的臉就是一拳。

阿強忍著疼痛喊道：「房錢不是我欠的，為什麼讓我來付。」

兩個男人二話沒說，湧上來又是一陣拳打腳踢。阿強被打得趴在地上，早已鼻青臉腫。彪哥又用力踢了阿強一腳，俯身搜走了阿強身上帶的兩百五十元錢，罵道：「媽的，窮鬼還想風流。」然後，兩個人像拖死豬一樣把阿強拖到了酒館門外的馬路旁。

阿強被打後，再無心去工地幹活。回到住處，蒙頭躺在床上，他越想越氣，越覺得窩囊。一直到了晌午，他起身走出去，進了附近一家小酒店，要了兩個小菜，一瓶價廉高度白酒，藉酒消愁。

阿強的酒量並不大，一瓶高度白酒下肚，早已有了七八分的醉意。他晃晃悠悠走出小酒店，朦朦朧朧想到了西郊的一個朋友。那個朋友也是從家鄉出來打工的，名字叫孫亮。現在自己受了傷害受了怨氣，就想找人傾吐，於是迷迷糊糊地攔住了往西趕的一輛馬車。車夫是個年逾花甲的老人，他頭髮蒼白，滿臉皺紋，兩眼流露出和善的目光，讓人一看就知道是一個樸實慈祥的老人。老人看阿強醉得不成樣，又見天色已晚，怕阿強有什麼閃失，就扶阿強上了車。

其實老人的兒子是一個廠裏的廠長，老人就在兒子的廠食堂裏打雜，他這是趕著馬車去西郊為廠食堂裏拉菜。路上，老人耐不住寂寞，就一邊趕車一邊與阿強搭話。他問阿強是哪裏人？在這座城市幹什麼？結了婚沒有？家中還有什麼人？可一直不見阿強回話，他回頭朝車板上看了一眼，見阿強躺在那裏睡得很死，不禁笑了一下，又自言自語道：「酒是好東西，可喝多了就會壞事。年紀輕輕的，怎麼就不知道愛惜自己的身子？」

天漸漸黑下來。老人趕著車來到了一個荒野地段，路兩邊是稀疏的柏樹林，不知哪棵樹上有幾隻烏鴉在「呱、呱、呱」亂叫，這叫聲讓老人有了一種不祥之兆，他甚至感覺到這柏樹林子裏充滿了陰氣。

老人「吁」的一聲停住了馬車，他見阿強躺在車板上一動不動，心裏就感覺有些不妙。藉著微弱的晚色，他看到阿強的臉上蠟黃，黃得沒有一點血色，且雙目緊閉，牙關緊咬，一副讓人可怕的樣子。

老人又用力晃了晃他，還是沒有半點反應，就用一隻手放近他的鼻孔去試探，幾乎感覺不出阿強還在喘氣。老人家從來沒有遇到過這種情況，心中早已亂了方寸。他不想因為一個陌生的路人惹上一身的麻煩。思忖片刻，他就連拖加拖把阿強從車板上弄到了路南柏樹林子裏的一塊草地上。他怕夜裏阿強醒來受涼，又回到馬車上拿來了一條裝菜用的破麻袋，蓋在了阿強的身上，然後匆匆趕車離去。

阿強醒來時已是夜深人靜。他不知自己是在什麼地方，只是感到頭腦腫脹，渾身無力。他用力睜開沉重的眼皮，躺在地上適應了很長時間，才看到了天上有幾顆星星，地上有朦朦朧朧的月光。他極力地回憶著在這之前自己的作為，先是那小酒館、馬車、趕馬車的老人，就像碎片閃現在腦海，不過這些碎片很快就清晰起來。

從醉睡中清醒過來的阿強，不知趕車的老人為什麼把他拋在這裏。他掀掉老人蓋在他身上的麻袋爬起身來，想辨認一下方向，確定一下自己所在的位置。

這時，一輛車停在了馬路上，車燈熄滅後，有兩個人好像抬著一件什麼東西朝自己走來。阿強躲在了一棵樹後，但月色暗淡，他看不清兩個人的面目，也看不清他們抬的是什麼東西。兩個人來到離他不遠，把抬的東西重重地摔在地上。

其中一個說：「彪哥，把他扔在這裏不會有人發現吧？」

彪哥說：「這是有名的荒郊亂石崗，即使有人發現了也不會懷疑到我們的頭上，你就放心吧。」

說完，兩個人返回馬路開車離去。

剛剛清醒過來的阿強，又被眼前突如其來的事情搞蒙了頭。彪哥！當他聽到這個名字時就覺得有些耳熟，現在想起來了，他就是在酒館裏往死裏打自己的那個人。他斷定這深更半夜的他們開車出來幹的也不是什麼好事，可不知他們扔在這裏的是什麼東西。他找到了那件「東西」，藉著微弱的月光，看清是一具死屍，他的心裏陡升寒意，頭皮也在沙沙長。他想趕緊離開這裏，沒走幾步又返回，把曾蓋在自己身上的那條麻袋拾起來，蓋在了死屍的身上，才慌忙離去。

第二天，阿強來到工地上，也無心幹活。夜裏發生的一切就像一場夢，讓他有一種不真實的感覺。他沒敢向任何人提起，不過很快就有工友在工地上傳說：荒郊亂石崗發現了一具無名屍體，公安局正在偵查破案。不知為什麼，聽到這個消息，他的心裏踏實了許多，可他又擔心公安人員破不了案。他在想，自己該不該主動到公安局去提供線索。如果自己指證彪哥所為，那麼公安人員會相信嗎？彪哥會承認嗎？公安人員會找到證據嗎？這一連串的問題，讓阿強猶豫不決。

下午，又一個工友傳來消息，說：「荒郊亂石崗的無名屍案破了。兇手是一個到西郊買菜的老頭，名字叫趙洪榮。」阿強聽了心裏「咯噔」一下，他萬沒想到會是這麼個結果。那趕車的老人，儘管把自己拋在了荒郊野外，卻沒有理由再去殺另一個人。難道他與彪哥之間有什麼必然的聯繫？想到這裏，他不再沉默，毅然走進了公安局的大門。

在公安局的接待室裏，兩名公安人員接待了阿強。阿強向他們詳細敘說了自己的遭遇。他從在車上遇到被盜女子，說到在酒館裏被彪哥毒打；從醉酒後坐上老人的馬車，說到夜裏在荒郊亂石崗醒來看到彪哥拋屍……

公安人員聽了他提供的線索，既感到驚喜，又意外。阿強還從兩名公安人員的口中得知，他們之所以把趕車的老人當作重大殺人嫌疑犯，是因為那具無名死屍蓋著的麻袋上，寫有老人的名字。而老人也承認，是他把人拋在亂石崗的。

阿強明白，是公安人員誤會了老人，就要求把老人給放了。公安人員說，事情一定會搞清楚的，真正的兇手也一定不會逃脫法網。不知為什麼？最後阿強要求看一下那具無名屍體，公安人員答應了他的要求。

屍體放在殯儀館，離公安局不到二里路。阿強被公安人員用車送到了目的地。他走進殯儀館看了那具屍體後，驚得目瞪口呆，說不出話來，因為那具屍體就是他西郊的那位好朋友孫亮。他們是一起出來打工的，現在孫亮死在了這座城市，又是被人殘忍地殺害的，自己回去可怎麼向他的家人交代。看著朋友的屍體，阿強悲憤交加，傷心欲絕。

沒多久案子破了，兇手是酒館裏的彪哥和他一個叫「瘦子」的同夥。

那麼孫亮又是怎麼死的呢？原來，孫亮死前已在西郊工地幹了半年。這天，老闆給他們開了工錢，他想回家一趟，一是給正在上高中的兒子送學費，二是給妻子帶些錢回家，讓妻子買種地的良種和化肥。臨走前，他想到了好朋友阿強，想來問問阿強有沒有往家裏捎的東西或其他事情。當他坐車來到東郊時，已到了吃午飯的時間，他不想麻煩阿強，想找一個地方簡單地吃點飯再去，於是就走進了一家酒館。孫亮好長時間沒有喝酒了，就要了一瓶啤酒，兩個小菜。等喝完酒吃完飯，剛要去找阿強，突然要想撒尿，就跑進了酒館內一簡陋的廁所，當他聽到一個女人的尖叫聲時，才知道因尿急誤進了女廁所。那女人一邊往外跑一邊喊叫著：「抓流氓！抓流氓！」孫亮還沒看清那女人長得什麼樣，就被兩個人帶進了一間灰暗的屋子裏。

「彪哥，怎麼處理這個人？」一個瘦得像猴樣的人問。

「怎麼處理，送派出所。」彪哥說。

「不要把我送派出所，我什麼都沒幹。」孫亮趕緊辯道。

「什麼都沒幹？跑進女廁所幹嘛？」彪哥想了想又說：「不送派出所也行，那就掏錢吧。」

孫亮想，反正是自己進錯了廁所，也確實嚇著了那個女的，掏點錢就掏點錢吧，於是小心問：「掏多少？」

「六千元。」那個叫彪哥的人說得很果斷。

「可我沒有那麼多錢。」

孫亮剛說完，腿上就被瘦子狠狠地踢了一腳。

接下來，孫亮嘴裏一邊喊著沒錢，兩手一邊緊緊抱著口袋不放。彪哥和瘦子拳腳並用，揍得他鼻青臉腫，可他的兩手仍然死捂著口袋。彪哥一拳砸在他的頭上，他的頭又碰在牆上，一直再沒有醒過來。孫亮死後，彪哥和瘦子從他的口袋裏掏出了八千元錢，這是他半年的血汗錢。然後，連夜用車把他拉出去，拋到了荒郊亂石崗子……

幾天後，阿強抱著孫亮的骨灰走進了西郊火車站。他要離開這座讓他傷心的城市，把自己的朋友帶回家鄉。還沒上車，一輛豪華轎車停在了他的面前，從車上走下來的是趕車老人——趙洪榮的兒子，他想讓阿強到自己的工廠去做工。

阿強理解他的心意，但還是搖了搖頭，踏上了開往家鄉的火車……

山村鬼影

一

夜幕徐徐拉下，桃花坪村就像一位安詳的老人躺在大山的懷抱裏，將要進入甜蜜的夢鄉。上眩月悠悠爬上了樹梢，清淡的月光把村子裏的房屋、樹木、大山映的朦朦朧朧，撲朔迷離，給村子蒙上了一層神秘的陰影。

被炎熱的太陽炙烤了一天的大地，仍散發著讓人鬱悶難忍的氣息；在田野裏勞作了一天的村人，雖然渾身疲憊無力，卻也不願盡早臥床入睡。他們三三兩兩或圍坐在院中樹下，或聚在大門前街道旁，一邊享受著夜風帶來的清涼，一邊喁喁私語，傳說著村子裏新近發生的奇聞逸事。一座小院裏傳出的話更是恐怖的讓人毛骨悚然：

「哎，聽說了嗎？最近村西邊的水庫裏常常鬧鬼。」

「鬧鬼……」

「對，聽說每到晚上，水面上就會出現一個鬼影，有時那鬼影還會說話。」

「那鬼都說些啥？」

「那鬼說村子裏要死人了……」

夜色漸深，夜溫變涼，人們開始陸續回屋睡覺。各家各戶窗戶的燈光多數已悄悄熄滅，整個村子顯得特別靜謐。就在此時，村東泛起一陣騷動。先是急匆匆的跑步聲，後是一個男人的怪叫和一個女人的哭喊聲。

「劉青你別跑，你停停呀，你別跑。」

大聲哭喊的是劉青的妻子桃花。

顯然，跑在最前面的就是劉青。

劉青的家住在村子東頭。此時，他正蓬頭遢面，嘴裏「鬼呀，鬼呀」怪叫著，沿大街朝村西跑去。緊追其後的是他的妻子桃花、弟弟劉松，白髮蒼蒼的老娘和晚睡的鄉鄰。

大家都想攔住他，無奈他愈跑愈快，一口氣跑到村東的水庫邊，「噗通」一聲，一頭扎進了水庫裏。桃花急得也要跟著跳進去，被劉松死死抱了住。劉青娘蹲坐在地上，兩手拍著腿哭的死去活來。劉松不識水性，又跑回村喊來了一些人。他們打著燈籠，舉著火把，坐在水庫承包人徐富生的木船上打撈劉青。後來徐富生也趕了來，他水性好，幾次從劉青跳水的地方扎進水底，仍然沒有撈出人來。

第二天，劉青突患瘋病跳入水庫的消息不脛而飛，頓時種種傳說不僅傳遍了十里八鄉，還給桃花坪罩上了一層神秘的陰影。消息也傳到了劉青的好朋友李雷的耳裏。

李雷和劉青年齡相仿，都在三十多歲，他家住在距桃花坪四里之遙的杏花坪。說起他們兩人的關係可真非同一般，他們是從中學到大學的同學，在大學又都是攻讀機械專業，畢業後兩人一起被招進縣機械廠工作，又住同一宿舍，吃穿住用從不分你我，親如骨肉兄弟。兩天前他們約好一起回家探親，不料劉青遭此不幸。

李雷聞到劉青的死訊，不禁大吃一驚，他什麼事也不顧就匆匆趕往桃花坪。來到村西水庫旁時，見還有人在水庫裏打撈劉青的屍體，他也跳上船去幫忙，一直到了天旁晌仍然沒有從水中撈出死屍，人們才不無失望地散去。

李雷下船後，順著村中一條大街朝劉青家走去。劉青的家座落在村東，看上去他和娘合住一個大院，實際上是分居兩個小院。劉青和妻子住前院，娘和弟弟劉松住後院。兩院相通，走動起來十分方便。

李雷來到劉青的院子裏，見桃花、劉松和娘都在，三個人都紅腫著眼皮呆呆的坐在那裏，天早已過晌也沒人去升火做飯。顯然，他們還都沉浸在失去親人的痛苦和悲傷之中。

李雷說了一些安慰的話後，就湊到了桃花的面前，問她劉青死前有無反常行為。

桃花抹了一把淚說：「劉青回家的頭一天晚上給我打電話，說要回家一趟，我高興的半夜沒合眼。第二天一早就到大門外去等，直到天黑才把他盼來。回家後他一直愁眉不展，默不作聲，胸中像裝有什麼心事。我以為他一路累了，就趕緊給他炒了幾個小菜，燙了一壺熱酒，讓他喝了解乏。當時婆婆也在，她也看出兒子這次回家有些反常，就關切地問究竟發生了什麼事？劉青說在回來的水庫邊聽到了一個很可怕的聲音。」

李雷聽到這裏急忙問：「什麼聲音？」

劉青的母親插道：「是鬼叫。」說這話時她仍一臉的恐慌。

桃花又說：「那個可怕的聲音說：『劉青，你大限一到，這次回家我要收你做這水庫裏的鬼，你就等著吧，哈、哈、哈……』」

李雷問：「是不是有人搞的惡作劇？」

「不會。」桃花說，「水庫是徐富生承包的，當時他根本就不在場，水庫的四周也沒發現人。」

劉青娘又開始落淚，她一直認為這是鬼招魂。可李雷卻不這樣想，他總覺的劉青的瘋病來得太突然，跳入水庫打撈不出屍體更是奇異，他像許多人一樣雖然心生疑團，卻解不開這個謎。

二

兩個月後——

一個陽光漫溢的上午，劉松的娘正在院子裏「咯、咯、咯」地撒米餵雞，那群搶食的雞中有兩隻好看的蘆花大公雞，是劉青死前給他從城裏買來，讓她殺了吃好補身體，她捨不得殺一直餵著。現在每看到她，就格外思念兒子。

「娘！娘！娘……」這時劉松一邊喊著一邊滿頭大汗地跑進院子。

不知是他的喊聲太大，還是因突然闖入，那群雞被驚的四處飛跳。

劉松娘看他慌成這樣，不知又發生了什麼事，就急問：「松兒，有什麼事慢慢說。」

「水庫裏撈出了哥哥的屍體。」

劉松娘聽完，兩個人急匆匆朝水庫邊跑去。

劉松和娘來到水庫邊時，打撈上來的屍體已吸引了不少人圍觀。娘倆不顧一切地鑽進人群，這時桃花不知從什麼地方也趕了來。地上放著的屍體因天熱已高度腐爛，特別是面部早已變得模糊不清。

劉青娘感到十分驚訝，她萬沒想到兒子會死得這麼慘，不禁放聲大哭，哭聲撕人心肺。突然，劉青娘止住哭聲彎身用力翻動了一下屍體，她想在死者的後脛上看到那顆紫色的黑痣。劉青小時娘每次給他洗臉都會看到它，可現在看不到了，有痣的地方早已爛成一個黑洞。

這時人群裏又鑽進一個人，他是誰？是又一次從縣機械廠回家探親的李雷。他默默地站在那裏，用睿智的目光緊盯著死屍。他想把那個身材魁偉，精力充沛的劉青和眼前這個面目全非，渾身散發著臭味的屍體聯繫在一起，可怎麼也聯繫不起來。透過仔細觀察，他發現死屍的穿著和劉青生前穿著完全一樣，包括那戴在手上已停止走動的手錶也是「上海牌」。難道僅憑這些就能確定這屍體就是劉青？

「雷子，看你劉青哥死得有多慘……」劉青娘哭著跟李雷說。

李雷點了點頭又搖了搖頭，他那複雜多疑的心理，透過這一點一搖就流露了出來，也被正在抹淚的桃花看在了眼裏。

最後屍體還是被抬到了桃花的門前，全村人都知道劉青的屍體找到了，不少熱心人來幫桃花操辦喪事。當天，屍體埋在了桃花坡上。

屍體埋葬後，且切不說劉青娘和劉松思親心切，悲痛欲絕；也不說桃花孤孤單單，淒淒涼涼；就連李雷回家後也吃飯飯不香，睡覺覺不寧。他總覺得劉青死得蹊蹺，日夜被種種疑團攪的心神不安，也無心回廠上班。他曾經想說服劉青娘去公安局報案，無奈劉青娘死活不同意。

這天晚上繁星閃爍，月光皎潔，李雷又悄悄來到了桃花坪。一來，他怕劉青娘因悲傷過度會病倒特來安慰一番；二來，是想更多地瞭解一些有關劉青的死因。

當他來到劉青娘的屋裏時，劉青娘和劉松正忙著炸菜，劉松向火爐裏續著木柴，劉青娘正把一塊肥碩的膘肉續進坐在火爐上的油鍋裏。劉松見李雷來先讓座後倒水。

「大娘，天這麼晚了還忙著炸菜，有什麼事？」李雷落座後喝了一口水問。

劉青娘說：「再過幾天就要給劉青『燒百日』了，我做幾樣青兒平時愛吃的菜……」說著又掀起衣襟抹淚。

「燒百日」是這一帶的風俗，即人死一百天時，親人帶上香紙酒菜等供品到死者墳前祭祀。

李雷覺得自己和劉青兄弟一場，應該有所表示，於是就從口袋裏掏出五十元錢給劉松。劉松死活不肯收，他就硬塞到了劉青娘手裏。不知不覺已是深夜，李雷起身向劉松娘倆告別，娘兒倆也不好再挽留。

當李雷來到前院桃花的窗前時，不知為什麼停住了腳步。桃花的屋裏早已息了燈，他覺得這個時候停留在一個寡婦的門前極不合適，剛要離去，房內傳出來一男一女的低聲對話：

「富生，咱們結婚吧？」

「我看還是再等些時間，過於急了他們會生疑。」

「哼，只要張瘋子那邊不出事，就是神仙也不知。」

「俗話說：『死人口裏難對詞。』張瘋子一死，他們生疑也不會找到任何口證。」

「那墳墓裏埋的我倒不怕，就怕這院子中枯井裏的被人發現。」

「我最怕的是像古裝戲裏演得那樣，終有一天會有人跳出來掘墓開棺驗屍。」

「驗屍又怎樣？沒埋之前不是許多人都去看過嗎？還不是同樣沒人認出來……」

李雷聽了後又是驚又是氣，他驚的是萬沒料到劉青之死的背後，隱藏著他妻子操縱的一個惡毒陰謀，氣得是這對狗男女喪盡天良，見色害命。他決心揭穿這對姦夫淫婦，眼下需要弄清的是墳墓裏埋的究竟是何人？院子裏的枯井裏藏的又是何物？張瘋子又是怎麼死的？還有他們之間又有何關係？他的大腦就像他在工廠裏操作的機器，開始高速運轉，終於他想出了解開這一謎團的良策。

三

這天正逢梨園鎮集，桃花坪離集市並不遠，翻過桃花坡再行二里路程就到。早飯時，劉青娘吩咐劉松到集市上買些香紙，給哥哥「燒百日」用。劉松聽話，撂下飯碗挎上了一個竹籃就上了路。

梨園鎮集是個大集，所以去趕集的人很多。路上，推車的、挑擔的、挎籃的、揹�童的，有男有女，有老有少，絡繹不絕。劉青走在路上，自哥哥死後心情從來沒有這樣好過。他看到山坡上的桃園裏，纍纍果實掛滿枝頭，散發著醉人的清香。大片大片的玉米經歷了一個夏天的生長，都抱上了「金娃娃」。長長的穀穗被輕輕的山風吹的微微搖動。路邊的喇叭花竟相吹奏出一曲曲豐收的讚歌。看到這裏，劉松才真正意識到秋天到了，這是一個收穫的季節，也是農人期盼的季節。爬上桃花坡，劉松又看到了哥哥的新墳，他怕睹物生情，勾起自己傷心，不禁加快了腳步。

來到集市上，劉松見各交易市區內一溜兩行擺滿了不同商品。除了買的、賣的，還有說書的、唱戲的、耍猴的、賣藝的，十分熱鬧。劉松隨著如潮的人流鑽來鑽去。他先是穿過青菜市、布衣市，又拐過騾馬市和傢俱市，來到集市的一偶，找到了賣香紙的貨攤，掏錢買好香紙，放進隨身帶的竹籃裏，離開了香紙攤，然後不知不覺來到了一說書場。場內圍滿了許多人，中間安一張木桌，桌旁站一身穿長袍，手持絲質描花扇的白鬚藝人，他正說到《水滸傳》一百一回：「謀墳地陰險產逆，蹈春陽妖蠱生奸。」

劉松從小愛聽書，眼下更不願錯過這一飽耳福的大好機會，於是就鑽進人圈找了一塊空閒地坐下，把盛香紙的竹籃子放在身邊，認真聽起來。等說書的散了場，天色已晚，劉松急忙往回趕，緊走慢走已看不清路面。

劉松從小就怕走黑路，現在獨自走在秋深人靜的荒郊野外，心裏更是害怕，當他來到桃花坡前，離哥哥的墳墓還有十幾步遠時，突然從墳墓裏冒出一個「鬼影」來，劉松嚇的渾身顫抖，想跑卻邁不動腳步。這時，只聽「鬼影」說：「劉松，你不要怕，我是你哥哥的鬼魂，有話要跟你說。我活著時，在院子裏的那口枯井裏藏了一些財寶，你回家後一定跟娘講，幫娘挖出來。記住，千萬不能讓外人知道，更不要讓你嫂子知道。」

「鬼影」說完又鑽進了墳墓。

劉松不再感到那麼恐懼，反到覺得事出突兀奇異。他一口氣跑回家，把這件事告訴了娘，娘也半信半疑，他們想立刻挖開枯井，無奈桃花在家只好另尋機會。

第二天，桃花回了娘家，劉松和娘趁機用鍬钁挖開了前院裏那口封埋已久的枯井。裏面不但沒有什麼寶貝，反而挖出了一具屍體。因為井深溫度低，屍體還沒腐爛，劉松和娘一眼便認出那具屍體就是劉青。他們還從井裏挖出了一件女人的血衣。正當娘倆驚慌不知所措的時候，李雷出現在院子裏……

李雷是怎樣來到了院子裏？原來自那天夜裏他聽到桃花和徐富生這雙狗男女的對話後，就認定枯井裏藏有和劉青死有關的東西。為了弄個水落石出，他便藉劉松趕集之機，在劉青的墓地假裝劉青的鬼魂告訴劉松枯井裏藏有財寶的事。可他萬沒想到，枯井裏挖出的是劉青的屍體。那麼墳裏埋的又是何人？還有，既然劉青是被人所害，那因瘋跳入水庫的又是誰？他還是不得其解。

一直蒙在鼓裏的劉青娘，悔恨當初自己鬼迷了心竅，沒有聽李雷的話，及時到公安局報案。她要衝出去找徐富生拼命，被李雷硬攔住，隨後李雷帶著劉青娘到當地公安局報了案。

公安人員迅速趕到了桃花坪，對從枯井裏挖出的屍體進行了驗證。透過技術鑑定核實：那血衣是桃花之物，那把鋒利的匕首上沾有徐富生的血跡，人證物證俱全，兇手桃花和徐富生很快被逮捕歸案。在鐵一般的事實面前，兩人不得不交待了自己的罪行。

原來，徐富生和桃花早已勾搭成姦，兩人也早已有了合謀殺害劉青的歹毒念頭，只是沒有機會下手。這天晚上，桃花接到劉青從廠裏打來的電話，知道劉青第二天回家，就跑到水庫上告訴了徐富生，兩個人在水上的木船裏密謀策劃，決定除掉劉青。他們先是用錢買通了本村一個叫張瘋子的人，讓他在劉青回家路過水庫邊時，發出那可怕的聲音，來迷惑人心。夜裏，徐富生帶著一把匕首偷偷潛入劉青的家，等劉青睡熟時，兩人將其殺死，埋進院內的枯井裏。然後，徐富生假扮劉青暴瘋，跳進水庫。徐富生水性好，當然不會被淹死，當劉青的家人趕到時，他早已從水下潛出。後來人們撈不出屍體發生懷疑時，徐富生又把張瘋子騙來，把他殺死換上劉青生前的衣服扔進水庫，等屍體高度腐爛後，再假裝打魚把屍體打撈上來。這樣一方面讓人們相信劉青真的死在水庫，另一方面也達到了滅口的目的。

這些在他們看來做得是天衣無縫，神鬼不曉。可就在兩人作做著夫妻美夢的時候，死神卻在向他們招手。

校園迷影

S大學二〇〇六級漢語言文學系，新來了一名教授，名叫歐陽均生。歐陽教授，瘦長的臉上架一幅墨色寬邊眼鏡，平時不苟言笑，做事認認真真，一板一眼，神情肅穆，讓人覺得有些古怪。

歐陽教授來學校後，被安排在五號樓二〇七房間。這裏既是他的辦公室也是他的宿舍，一樓是學生教室。歐陽教授來大學不久，就發生了一件十分古怪的事情。

這天晚上，他要在辦公室裏加班，寫一篇題為〈一雙穿透力極強的眼睛〉的論文。辦公桌上擺放著一臺電腦，他不知道這是學校領導專門為他準備的，還是其他教授用過留下來的。不過現在既然放在自己的辦公桌上，自己就有優先使用的權力。他打開電腦，按動啟動鍵，很快螢幕上出現了一幅以藍天綠水作為背景的美麗圖案。他剛要建起自己的文檔，突然，隨著一種可怕的怪叫聲，電腦螢幕上濺滿了血點，就像有人在房中遇刺，濺到窗戶玻璃上的鮮血一般。歐陽教授儘管不迷信，不信鬼神之說，但看到那無數血點在電腦螢幕上恣意滾動和擴散，還是大吃了一驚。頓時，他那裝滿知識的頭腦形成了一片空白。好在那血的畫面沒有維持多久，便自動消退。電腦也開始正常運轉。

歐陽教授穩定了一下自己的情緒，大腦也像電腦一樣轉入正常。他開始聚精會神撰寫論文。整個房間內，除了他敲擊鍵盤發出的聲音，再沒有一絲雜音。他喜歡這種靜謐無聲的夜晚，這有助於他創作靈感的發揮，能讓他一直不停地寫下去。直到深夜一點多鐘，歐陽教授才感到有些睏意和疲倦。他來到房門外，站在二樓走廊上，伸了伸腿，揉了揉眼，活動了一下筋骨，朝樓下走去。這是他多年夜間加班養成的習慣。為的是在睡覺前，呼吸一下新鮮空氣，放鬆一下疲勞的神經。

歐陽教授在不經意間，來到了一樓的學生教室門前。所有教室裏的燈早已都熄滅，唯有靠西頭的一教室內燈火輝煌。歐陽教授來到亮燈教室的窗前，透過明亮的玻璃，見教室內的講臺上，有一位白髮蒼蒼的老教授正在講課。他來這所大學後，還從來沒有見到過這名教授，也不知道他的尊姓大名。他並聽不到教授講了些什麼，只見教授的嘴一張一合，還不斷打著手勢。有時還回身在黑板上寫些什麼，可黑板上並留不下他的字跡。歐陽教授覺得十分奇怪，再看講臺下的課桌，全是空的，沒有一個學生坐在課桌旁，就更加覺得奇怪。在這種夜深人靜的時刻，又遇上這種奇怪的現象，不能不讓他心驚肉跳。歐陽教授沒有再到別處去散步，立馬轉身回到了二樓。回到宿舍後，他的心裏就像浪潮般翻滾，久久不能入睡，老教授那清瘦的臉龐和右眉上方那顆碩大的黑痣，不時在他的眼前晃動……

第二天上午，他在學校食堂吃飯時，和另一名叫伍正陽的老教授談起了昨天晚上自己在一樓教室前的奇遇。他向伍正陽教授講述了自己下樓的先後經過，講述了燈下講臺上那個教授的身高、臉型，以及他右眉上方那顆碩大的黑痣。聽著，聽著，伍正陽教授那原來帶有微笑的臉，開始變的莊重、肅穆，到後來讓人看了感到可怕。歐陽教授不知發生了什麼事情，只急於知道有關老教授的情況。就問那名老教授是教哪一個班級的，自己白天為什麼一直沒有看到他？

「不可能，絕對不可能是他！如果真的是他，那才叫活見了鬼。」伍正陽教授像在說給歐陽教授聽，又像在自言自語。

「你指的是誰？」歐陽教授急問。

「趙言，我指的是趙言，不過一年前他就去世了。」

這回輪到歐陽教授瞪大了眼睛。接下來，伍正陽教授向他簡單地介紹了有關趙言教授的情況。伍正陽教授說，趙言是這所大學裏的資深教授，平時待人和氣，與人為善，不管是在教授中還是在大學生中，威信都極高。自去年上半年開始，從神情上看，他變得有些悶悶不樂。有一天，他在校長室和校長發生了激烈的爭吵，由於校長室的門緊閉著，沒人聽到他們爭吵的內容。可有人見，他從校長那裏走出來時，氣得臉色發紫，極其難看。幾天之後的一個深夜，趙言教授突然暴病身亡。

聽了伍正陽教授的敘說，歐陽教授的心裏一直不能平靜。難道自己真的活見了鬼？他不相信這個世界上有什麼「鬼」，可不能不相信自己的眼睛。電腦螢幕上那滾動的可怕的鮮血，教室裏的燈光下那老教授清晰的身影，難道是自己的幻覺？不！決不是幻覺！他曾經站在科學的角度去解釋這些奇怪的現象——已故趙言教授的身影重現教室，可能是他生前在那所教室裏講課的時間最長，他的身上散發出了無數顆人身分子，不斷聚集並留在了講臺上的空間中，他暫時把這種分子命名為ZAO分子。趙言教授去世後，這種ZAO分子並沒有隨之散去，它在特定的環境下，即在特定的氣候、光照、溫度、濕度等條件下，就會重新組成趙言教授的身影，而這種用ZAO分子組成的身影，只有具有特殊眼型的人才能看的到，自己卻恰恰具備了這種特殊眼型。當然，這只是他的一種假設，他還沒有充足的理由去證明這種假設。隨著時間的推移，他已不再在這種找不出結果的問題上浪費時間。

這天中午，歐陽均生教授，獨自坐在辦公室裏的電腦前，正打一份報告，覺得肩膀被人重重地拍了一下。回頭一看，見趙言教授站在背後，不禁毛骨悚然。他不相信自己的眼睛，使勁揉了揉，趙言仍然站在眼前，並離他是那麼的近，是那樣的逼真。

歐陽教授正不知所措，就見趙言教授的手向電腦螢幕上指去。他手裏的滑鼠情不自禁地跟著那個神秘的手指移動，然後對準點擊了一個奇特的符號，螢幕上便出現了以下一段文字：

去年的七月二十一日夜間十一點半，我從校長辦公室門前路過，聽到房內傳出了校長和一個女人激烈的爭吵聲，然後就是讓人揪心的打鬥。我走近窗戶，透過明亮的玻璃，見校長正赤身裸體撲向年輕的小葉。小葉被追急了，拾起辦公桌上的一隻煙灰缸朝校長砸去。校長一歪頭，煙灰缸貼他的耳朵飛過。校長早已氣急敗壞，逮住小葉，一把揪住她那秀麗的長髮，把她的頭往牆上猛撞。一下、兩下、三下，小葉的身子漸漸軟下去，癱倒在了地上。校長把手背湊到小葉的鼻子前一試，知道她已經死了，顯得有些驚慌失措。他在辦公桌前坐下來，從桌面上的煙盒裏抽出了一支香煙，點煙時那雙手明顯在不停地顫抖，連續劃了三根火柴才點著。吸完一根煙後，他起身把小葉拖到床邊，又塞到了床下。

我見校長打開了房門，就迅速躲到了一棵大樹後。校長站在門口，像在觀察周圍有沒有人，又像在思考著什麼，沒多長時間，就朝校園的東南方向奔去。我本想跟蹤校長，看他接下來要幹些什麼，又怕被校長發現，就原地靜等。我相信在沒有人發現的情況下，校長不會逃跑。只要小葉的屍體在他的床下，他一定還會回來做進一步的處理。這時，從另一個方向晃來一個人影，我怕被來人發現會節外生枝，便迅速離開大樹，悄悄回了宿舍。

歐陽教授看到這裏卻沒了下文。他就像走在一條路上，突然遇到了斷頭，沒有了方向，心裏便感到茫然無序。他在想，這段文字是不是趙言教授留下來的？如果是他留下來的，文中涉及的事件就一定是他的親眼目睹。那麼，在這以後又發生了什麼樣的事情？校長殺害小葉後，急於跑到學校東南方向去幹了些什麼？後來他又把小葉的屍體放在了什麼地方？這件事有沒有其他人知道？趙言教授的暴死是否與這件事有關？這些在歐陽教授的心裏都是一個個解不開的謎。

歐陽教授因性格怪癖，加上來學校時間短，沒多少人跟他談得來，伍正陽教授卻是一個例外。伍正陽是生物系教授，他們雖然不是一個系，卻彼此談得來。在多次的交談中，他從伍正陽教授的口中，得知了學校內許多不為人知的東西。他隱隱約約感覺到，伍正陽教授對趙言教授的暴死心懷質疑，還感覺到他的心裏裝有許多秘密。他想去找伍正陽教授談談，從他的口中瞭解一些情況，以破解自己心中那些謎團。可是伍正陽教授到上海去參加一個學術交流會，還沒有回來，他只有耐心的等待。

這天中午，歐陽教授正坐在電腦前製作教學方案，想不到伍正陽教授來到了他的辦公室。他非常高興，因為他聽說伍正陽教授已從上海回來，剛想去拜訪，伍正陽教授就來了。他立馬起身倒了一杯熱水，遞給伍正陽教授說：「你先喝一杯水，稍坐，我馬上就完。」

「你忙，我今天早上剛回來，路上也累了，先到你的床上躺一下。」伍正陽教授說完便走進了臥室。

歐陽教授回到電腦前，利用三四分鐘的時間完成了教案後，就到臥室去找伍正陽教授，可走到床邊時，卻讓他大吃一驚。他看到躺在床上的哪裏是伍正陽教授，分明是一具可怕的死屍。他見那屍體身穿一件紫紅色的長袍壽衣仰身朝上，臉上蒙著一張方方正正的草紙，兩手平放在身體兩側，並各持一串長長的紙錢。兩腿挺直，兩腳併攏，腳掌與腿形成九十度直角，腳上穿著一雙用粗布做成的壽鞋，鞋子上繫著一根麻繩。他的脊背開始透涼，頭腦脹大，頭皮發麻，甚至感覺到每一根頭髮都立了起來。他不相信眼前這一切是真的，他以為這是伍正陽教授的惡作劇。他壯起膽子，伸手掀掉了死屍臉上的草紙。這一掀，更出乎他的意料，難以置信——那是他在深夜教室裏的燈光下見到的那張臉，也就是故人趙言教授的臉。臉上右眉上方的那顆黑痣，就像一個奇幻無比的魔影在他的眼前晃動，讓他幾乎失去了自制。他跑出了臥室，就像跑出了地獄，站在辦公桌前大口地喘著氣。

這時，伍正陽教授也從臥室裏走了出來，歐陽教授用陌生的眼光望著他急聲問道：「剛才你到哪裏去了？」

「我就躺在你的床上睡覺。」

伍正陽教授答完，看到對方臉色蒼白，神色恍惚，就關心地問：「你怎麼了？臉色這麼難看，是不是病了？」

「沒什麼，沒什麼。」歐陽教授說完，和伍正陽教授並排坐在了一組沙發上。

還沒等歐陽教授發話，伍正陽教授就說：「我躺在床上，大白天的睡覺還作夢，竟然夢到了小葉子。」

歐陽教授聽了心裏暗吃一驚，可他嘴上卻問：「小葉子是誰？」

伍正陽教授說：「小葉子原來是學校裏的圖書管理員，她是外地人。自從她來到這所大學後，就沒見有什麼親戚朋友來找過她，也沒見她因走親訪友出過遠門。她雖然近三十歲了，卻仍然獨身。不過她沒有結婚的原因，不是她長相不好，是她條件太高，一直沒有碰到讓她動心的男人。」

「那她長得一定很漂亮。」歐陽教授問。

「她長得確實很漂亮，」伍正陽教授接著說，「她的身材苗條，長髮飄逸，胸脯豐滿，肌膚白皙，特別是一雙水靈靈的大眼睛，就像會說話，發出的光能讓男人神魂顛倒。」

歐陽教授聽到這裏，又想起了在電腦上看到的那段文字。他不知道伍正陽教授說的這個小葉，和那段文字裏的小葉是不是一個人，就又問：「我來之後怎麼從來沒有見到過這個女人？我也去過幾次學校圖書館，可那裏的管理員是個男的。」

伍正陽教授說：「小葉半年前就失蹤了，沒人知道她的去向，至今杳無音信，你說的那個男圖書管理員是後來頂上的。」

兩個人都陷入了深深的沉思。

伍正陽教授剛要離開，歐陽教授卻問：「你剛才說夢到了小葉，她怎麼了？」

「我也不知為什麼突然就夢到了她。」伍正陽教授說，「在夢裏，小葉披頭散髮，臉上流滿了鮮血，從一片草坪上一邊哭著一邊向我跑來，她嘴裏還不斷地喊著：『我冤枉啊！我冤枉啊！』被她這一驚嚇，我就醒了。」

「這是一個很奇怪的夢。」歐陽教授說完又問：「伍教授，能告訴我在我來之前，這辦公室是誰住的嗎？」

「趙言教授，就是我給你提起過的那個趙言。喔，對了，就連我剛才睡覺的那張床，你正用著的電腦也都是趙言教授用過的。」

伍正陽教授突然問：「怎麼？這辦公室裏有什麼問題嗎？」

「沒有，沒有！」歐陽教授不願把這辦公室裏發生的事情告訴他，伍正陽教授也沒多問。

伍正陽教授離去後，歐陽教授的心情久久不能平靜。他感到自己來這所大學後，就像生活在一個虛幻飄渺的世界裏，很難分清眼前發生的一些現象是真是假。但他肯定，這些現象的背後肯定隱藏著一個可怕的陰謀，他決心戳穿這個陰謀，讓真相大白於天下。

一個星期天的下午，歐陽教授專門登門拜訪了伍正陽教授。在他們的交談中，伍正陽教授透露了一件讓他十分感興趣的事情。

伍正陽教授說：「一天晚上，我到學校外面去辦事，回來時已是夜裏十一點多鐘。當我快要來到到校長的門前時，看到從校長門前的大樹後閃出了一個人影。那天夜裏月光很亮，我確信那個晃動的人影就是趙言教授。我看到趙言教授急匆匆朝另一個方向走去，生怕被人發現似的。正在我心生疑竇之時，校長卻從校園的東南方向走來，我急忙閃到了大樹後，等校長走進屋關上門，我剛要離去，校長又突然打開了門，我以為自己被校長發現了，怕引起誤會，嚇得大氣不敢出。可我在暗地裏看到，校長出門時身上卻背著一隻大口袋，我當然不知道裏面裝的是什麼東西。校長背著口袋，朝著來時的方向急匆匆走去。我覺得校長的行蹤詭秘，就暗暗地跟蹤。很快，校長已越過了一片綠茵茵的草坪。我知道草坪的旁邊還有些荒蕪的空地，再往外就是高高的校園牆。就那個地方，不用說是在深夜，就是大白天也很少有人光顧。校長走進那塊荒蕪的空閒地，把背上的口袋好像丟進了一個坑內，然後就是用鐵鏟鏟土填坑的聲音。」

在伍正陽教授敘說的過程中，歐陽教授幾乎沒有插話。他驚喜地發現，他聽到的這一切，正是電腦上那段文字沒有講完的話。接下來，他又問伍正陽教授：「你覺得這件事與趙言教授的死有關嗎？」

伍正陽教授沉思良久才說：「我雖然不知道校長深夜埋在坑裏的是什麼東西，可我想趙言教授的死也許與這件事有關。」

「為什麼？」歐陽教授問。

伍正陽教授說：「因為我覺得這件事很奇怪，第二天一早，我想去看個究竟，想不到趙言教授在我之前早已趕到了那個地方。我沒有走近，就遠遠的站在一個地方看，見趙言教授正仔細觀察那個填平了土坑。這時校長也去了那個地方，兩個人像早已約好，又像偶然碰巧。他們在一起談了一些什麼，我站的遠根本聽不到。」

「後來呢？」歐陽教授急問。

「只有這些，沒有後來。」伍正陽教授說，：「不過，到了第三天夜裏，趙言教授就暴病身亡。更奇怪的是，幾乎是同時，學校圖書館裏的女管理員也莫名其妙地失蹤了。」

歐陽教授沒再多問，他回到自己的宿舍後，心裏暢亮了許多。他自言自語地說：「到時候了，這個謎團是到了揭開的時候了。」

這是一個週末的深夜，歐陽教授帶著早已準備好的鐵鍬，悄悄來到了校園東南方那片草坪旁。藉著微弱的月光，他在那片荒蕪的空地上，找到了那個動過土的地方。他相信在這土裏面一定埋著一個屈死的冤魂。

歐陽教授開始一鍬鍬挖土。他是第一次遇到這樣的事，也是第一次幹這樣的事，心裏不免有些恐慌，耳目也有所顧忌。挖了沒多長時間，身上開始冒汗，他脫掉外套繼續挖。挖到近一米深時，一股腥臭味鑽進了他的鼻孔，他知道自己馬上就找到目標了。可就在這時，他的頭部不知被什麼東西猛然一擊，自己昏了過去。

等他醒來的時候，現場又多了兩個人，一個是校長，一個是伍正陽教授，而校長已經被人用繩子綁了起來。

歐陽教授看到兩人，似乎明白了什麼，可他還是問：「伍教授，你是怎麼來這裏的？」

「如果不是我及時趕到，也許你也成了這坑裏的冤魂。」伍正陽教授笑了笑說。

歐陽教授又看了看被綁的校長，伍教授明白他的意思，就說：「就在這個傢伙從背後用一根木棍偷擊你的頭部時，我也從他的背後給了他一棍，這就叫以治其人之道，還治其人之身，如果不給他一棍，我一個人還真綁不住他。」

歐陽教授感激地點了點頭。

「你沒事吧？」伍教授關心地問。

「沒事，就是頭有點疼。」歐陽教授問：「接下來怎麼辦？」

「等著，我已經用手機報了案。」歐陽教授說。

這時，他們聽到遠處傳來了警笛聲。

茶女徵婚

小鎮上有一家古樸典雅的茶館，廳內桌椅古色古香；櫃檯上玻璃瓶內展示著近百種茶葉；牆上掛著楹聯，有一聯曰：「乾柴煮沸三江水，請君品嚐五嶽茶。」茶文化氣氛十分濃厚。前來買茶、品茶的人絡繹不絕。

茶館掌櫃是個年逾花甲的老頭，頭髮稍白，身材瘦小，兩眼炯炯有神，透著睿智和精明，都稱他茶三。茶三有一女兒，名叫茶女，正值青春年華。長得花容月貌，身材婀娜多姿。因受過高等教育，氣質佳，善言談，表現得超凡脫俗。

父女二人皆精通茶道，不管是什麼品種，什麼檔次，只要抓起一撮輕輕一撚，看一看，聞一聞，就能知道茶的成色。再加上進貨嚴把關，經營講誠信，茶館生意十分紅火。

茶女受父親的薰陶，在上大學時就精心研究茶文化。畢業後就留在了自己的茶館。她與父親相比，可謂青出於藍而勝於藍。

茶館的生意雖然紅火，可茶三卻為女兒的婚事整日擔憂。一次，他對女兒說：「茶女，你也不小了，不能光忙生意，也該考慮自己的婚姻大事了……」

沒等父親說完，茶女就插嘴說：「爸，看你急的，還怕女兒嫁不出去！」

就在次日，茶館外面的牆上貼出了一張徵婚啟事：

茶女，二十四歲，欲尋二十四至二十六歲的男子為伴，條件是：在本茶館品茶，能根據自己的口感，連續報對十種以上的茶名，否則茶費自付。

啟示一貼出，茶館頓時爆滿，顧客多是衝著茶女而來青年男子。茶女一面應酬好一般顧客；對為徵婚品茶者，她抱著一把細瓷茶壺，不是從茶櫃上取茶，而是獨自到裏間房裏取茶。茶泡好後，斟滿茶盅放到客人面前，等顧客飲用後報出茶名。幾天下來，來品茶的人不要說報對十種以上茶名，就連報對一兩種茶名的人也很少，而茶館的收入卻猛增。於是人們開始議論，有的說茶女鬼精，她徵婚，其實是一個促銷的奇招；還有的說她這是在詐騙。茶女聽了也不說什麼，依然我行我素。

這一天，茶館裏來了一名男子，大約二十五歲左右，穿著入時，一頭短髮烏黑閃亮，兩隻大眼睛閃爍著智慧，給人一種精明、機靈、幹練的感覺。茶女一見便心中一亮。

男子落座後，茶女到裏間泡來一壺茶，篩滿了精緻的茶盅。

男子聞了一下：「不錯，這是正宗的西湖龍井。」

茶女一怔，心想：「茶沒入口，就報出了茶名，看來這次遇到真正的行家了。」

茶女又到裏間泡來一壺，篩滿茶盅。

男子端起，品了一小口：「這是黃山毛峰。」

接下來他先後報出了：鐵觀音、碧螺春、茉莉、韶峰、雙井綠、南京雨花、秦巴霧豪、信陽毛尖、廬山雲霧、翠螺、普洱茶……等二十餘種茶名。

茶女又驚又喜，她最後篩上一盅茶，呈於男子面前。

男子抿了一口：「這是平和縣的名茶，白芽奇蘭。」

茶女心中暗暗叫絕。

茶女把男子引進了裏間，房內空間不太大，擺的全是紅木傢俱，牆上掛著字畫，有一副聯曰：

坐，請坐，請上坐；

茶，敬茶，敬香茶。

男子看罷，指著笑道：「這是蘇東坡訪莫干山一佛寺，與主持對話時的楹聯。」

茶女連連點頭。

二人落座，茶女泡來一壺茶，兩人對飲。他們一邊品茶，一邊相互介紹了各自的情況，茶女才知道男子叫王雲峰。言談中，兩人流露出了相互愛慕之情，且愈談愈投機，大有相見恨晚之意。

「其實同一品種的茶，種植地域不同，採收時間不同，炒製方法不同，飲用時的味道和效果也不同。」王雲峰指指面前的茶盅又說：「這白芽奇蘭也是如此。我家開著茶館，也種著白芽奇蘭茶樹。我父親是炒製茶葉的老師傅。他製作的白芽奇蘭茶，名曰『一盅醉』。一個人喝完一盅就醉，三盅就倒。」

茶女問：「真的有這麼神奇嗎？」

王雲峰剛要答話，就聽外邊有人吵鬧，伴著「劈劈啪啪」摔碎東西的聲音。

王雲峰和茶女急忙跑出裏間，見三個五大三粗的男子正抱起茶瓶往地上摔，地上已滿是玻璃碎片和茶葉，茶桌也被掀翻了幾張。兩人一問才明白，三個人一進茶館，就喊著要白芽奇蘭茶。茶三很快泡好一壺提上來，可其中一人一盅還沒喝完，就喊著茶是假的，隨後三人就開始掀茶桌，砸茶瓶。很顯然，他們是專門來鬧事的。

問明情況後，王雲峰高聲說：「三位，你們說這個茶館的白芽奇蘭茶是假的，我不想作什麼解釋。我帶來一包白芽奇蘭茶，現在就請三位享用。如果你們每人能夠享受得了三盅，這茶館算你們白砸了；如果每人享受不了三盅，你們必須賠償所有損失。」

三個人萬萬沒想到，半路殺出個程咬金，也不知他葫蘆裏賣的什麼藥。但又一想，光天化日之下，諒他也不敢在茶裏放毒，就一口應承，重新坐下來，看王雲峰有什麼新花樣。

王雲峰從口袋裏掏出一個小紙包，把裏面的白芽奇蘭茶倒入茶壺，茶女提來一壺開水，徐徐沖入壺中。頓時，一股奇特的清香彌漫了整個茶房。三人聞到香味，早已垂涎三尺。茶女擺上海螺般的茶盅，王雲峰提起茶壺把三個茶盅篩滿。

三人中一個酒糟鼻子端起茶盅就是一口。可就這一口，他的舌尖舌根、腮幫喉頭就像注入了一針麻醉劑，口中有一種鐵冷腫脹的感覺。等他回過神來，剛要發作，這種感覺又逐漸變成一股涼絲絲的甘醇、清香，從喉頭直抵心肺，使他滿口生津，渾身清爽，其他兩人也是同感。

這茶本該慢飲細品，抽一支煙的時間，飲之不能超過一盅。可他們三人貪盅，連飲了三杯。不料頓覺心慌意亂，全身無力，眼色朦朧，漸漸失去了知覺。就像吃多了安眠藥一樣趴在桌上了。王雲峰和茶女怕他們醒來再鬧事，就用繩子把他們的手腳綁在椅子上。

茶女有些害怕，忙問王雲峰：「他們這是怎麼了，不會有事吧？」

王雲峰說：「他們這是暫時被我的茶醉倒，很快就會醒來，不會有事。」接著對茶女說：「我帶的這包白芽奇蘭，是想讓你品嚐的，沒想到遇上這三個狂徒，也就先用來對付他們了。」說完，他們開始打掃地上的碎玻璃和茶葉，整理破損、歪倒的桌凳。

等一切收拾停當，三個人也醒過來了。

王雲峰說：「茶你們也喝了，現在你們是賠償損失呢，還是我報警，讓派出所的人來『請』你們？」

酒糟鼻子知道碰上了對手，忙說：「我們願意賠償損失。」其他二人也隨聲附和。

茶女給他們鬆綁，和父親把損失的東西折了價，三個人掏包付了錢，狼狽地溜走了！

三個狂徒溜走後，茶三握住王雲峰的手說：「今天，你不僅報對了我女兒所泡的茶名，還替我懲罰了三個狂徒，你這個女婿我認定了。」

茶女聽了父親的話，秀麗的面頰飛起了兩朵紅雲。

夢遊奇緣

深夜十一時三十分，正在熟睡的司徒劍南猛然從床上坐了起來，沒有亮燈，他卻清晰地看到躺在自己身邊的妻子那安祥的睡姿。同床共枕，他心裏並沒有新婚帶來的那種激情與甜蜜；相反，卻對妻子感到有些陌生。他似乎怕驚動了妻子，小心翼翼地穿好衣服，摸著黑準確地來到衣櫥前，輕輕拉開櫥門，找出一條紫紅色的領帶，然後熟練地繫在了脖頸上。他甚至還走到梳妝鏡前，拾起一隻玲瓏精美的香水瓶，朝身上噴灑了一些香水，然後悄悄跨出了房門。

司徒劍南連自己也不知道，自己是正在夢遊。他走出房門，站在三樓的樓道裏長長舒緩了一口氣，確信沒有驚動妻子，才一直走下樓去。然後，七拐八彎地穿過幾道樓巷，橫跨一條並沒有行駛車輛的馬路，行至城西一條寬的闊沿河路，他要順著這條路去以前他曾經去過的一個地方，到那裏去找一個女人，一個叫美美女人。

深夜的沿河路早已沒了白天的繁華與喧囂，淡淡的月光把河邊的垂柳映的朦朦朧朧，撲朔迷離，河裏的水在靜靜地流淌。這美麗的夜景並沒有讓司徒劍南動心，他的心裏只有裝著美美。沒有多長時間，他就來到了河畔公園，找到了他記憶中的那座涼亭。這就是他要找的地方。他要坐在這裏等那個叫美美女人，那個讓他魂牽夢繞的女人。

那還是在他與苗紅結婚的一年前。有一天，他感到胃部不舒，就走進一家醫院進行檢查，檢查結果出來後，醫生卻告訴了他一個不幸的消息。醫生說他患上了胃癌，要留他馬上住院治療。他聽了後，精神幾乎到了崩潰地步，甚至失去了理智。

「我不是胃癌，我沒有患上胃癌……我不是胃癌，我沒有患上胃癌……」他一邊喃喃地說著，一邊就像一個精神病患者一樣跑出了醫院。回到家後，他不顧一切地把醫生給開的病歷撕了個粉碎。他不相信自己患上了胃癌，也就不相信那病歷，更不想讓人知道。可那病歷帶給他的打擊卻是實實在在的，他蒙頭在床上睡了兩天，精神還是萎靡不振，在他的眼裏什麼東西都失去了光彩，都變的灰暗無比。他感到這樣痛苦地活著，還不如早一天結束自己的生命。

這天，他把一瓶安眠藥偷偷裝進口袋，然後來到湖畔公園，找到一座涼亭，坐在了下面一條石凳上。他要在這個美麗的地方安祥地離開人世，結束自己寶貴的一生。可就在他掏出藥瓶，擰開瓶蓋倒出大把藥時，一位漂亮的姑娘出現在他的面前。

姑娘說：「大哥，能借石凳一坐嗎？」

司徒劍南聽到這甜美的聲音，立即把藥收了起來，他看了姑娘一眼，眼裏立刻燃燒起了兩束火光，可很快就熄滅了。他沒有說什麼，只是把身子向石凳的一端挪了挪。

姑娘坐下後，用明亮清澈的兩隻大眼望著他說：「大哥好像有什麼心事，能否說出來聽聽，看我能不能幫上什麼忙。」

司徒劍南看了她一眼並沒反應，儘管他心裏正充滿著痛苦和憂傷，可還是被姑娘的美貌所震懾。他想，如果自己不是一個患有絕症的病人那該有多好，那樣自己就會對姑娘窮追不捨，一直追到與姑娘步入婚姻的殿堂。可就眼下的情況而言，今生今世自己與姑娘的愛情肯定無緣了。想到這裏，司徒劍南的心裏更加難受。

這時就聽到姑娘問：「大哥知道我是怎麼來到這裏的嗎？」

司徒劍南怔了一下說：「難道姑娘也有難言之隱？」

姑娘輕歎一聲說：「我叫葉美美，是個孤兒，從小就沒爹沒娘，跟著哥嫂長大，哥哥和我是親骨肉，沒啥說的，可嫂嫂待我卻心狠手辣，常常背著哥哥虐待我，我有苦也不敢和哥哥說，有淚往自己肚裏咽，只盼自己快長大，找個好人家，得一解脫。幾天前，嫂嫂給我包攬了一樁婚事，可那男的是個瘸子。不過他家裏很有錢，嫂嫂收了人家一大筆錢，就非逼我嫁給那個瘸子，你說我能答應嗎？」「你可決不能答應這樁婚事。」

司徒劍南早已被美美的遭遇所感染，他似乎忘記了自己是來幹什麼的，反倒同情起美美來。

「你知道我來這裏之前是怎麼想的嗎？」沒容司徒劍南答話美美又說：「我想以死來抗爭，可當我茫然走進這座美麗的公園時，看到一雙雙手拉著手的情侶，享受著陽光的沐浴，生活的甜蜜，我就感受到了生命的可貴，我決定活下去，於是就把藏在身上的剪刀拋進了公園旁的河水裏。」

「美美你做得對，你應該珍惜自己的生命，好好地活下去。」

美美說：「你為何不是如此。」

「我……」司徒劍南欲言又止。

姑娘又說：「我雖不知大哥的遭遇有多不幸，可只要活著就能感受到人世間的美好，哪怕堅持到最後一刻。」

司徒劍南聽到這裏，鼓足了勇氣，從口袋裏掏出那瓶安眠藥揚手拋進了河裏。接下來他們似乎忘記了一切痛苦和不幸。開始有說有笑，話題也在無限延伸，儼然就像一雙約會的情侶。

司徒劍南和美美分手後，又回到了醫院，他決定在醫院住下來，配合醫生好好治療。可經過複查，讓他意想不到的是，以前是誤診，他根本就沒有得什麼胃癌。只是患上了胃炎。他想把這個消息告訴那個在公園裏遇到的美美，可再也沒有找到她。前不久，他跟一個叫苗紅的女人結了婚，可他忘不了給過他第二次生命的美美。就是在新婚之夜，他也想著她。

正在夢遊的司徒劍南，坐在涼亭下的石凳上，翹首盼望著美美的出現。他相信精誠所至，更期盼奇蹟的到來。美美真的向他走來，就像一個美麗的天使翩翩而至。他興奮地迎上去，和美美緊緊擁抱在一起。美美把臉依偎在他那寬闊的肩頭，流下了幸福的淚水。他們心貼心的站累了，就雙雙坐到了涼亭下的石凳上，互訴衷腸。

「美美，你讓我找得好苦啊！」司徒劍南看著美美說，「一年的時間，聽不到你的任何消息，也不知你去了哪裏？」

美美說：「那次我們分手後，回到家裏，嫂嫂怕我抗婚跑了，就把我鎖進了一間房子裏，晝夜不讓我出門。一天夜裏，我偷偷從窗戶逃了出去，然後跟一個朋友到南方去打工，可在外邊我卻一直放心不下……」

「你嫂嫂對你那樣狠，出去後你還有什麼放心不下的？」司徒劍南插口問道。

美美又說：「我是放心不下你。說實話，那次我是看到你從瓶子裏倒了大把藥要往嘴裏放，才去的你身邊。可後來我只跟你訴說了我的不幸，卻沒問你為什麼想不開，自尋短見，後來甚至連你的名字也忘了問。」

司徒劍南說：「過去了，一切都過去了，讓我們重新開始吧。」說完把美美攬在了懷裏。

儘管司徒劍南和美美都是在夢裏約會，可他們真切地體會到了愛情的甜蜜。司徒劍南早已忘了自己是有婦之夫，他用手撫摸著美美的秀髮，兩個人都有說不完的知心話。就在兩個人纏綿之時，司徒劍南的妻子苗紅來到了公園，美美不認識她，看到她後並不顯驚慌。可司徒劍南卻像從夢中驚醒，避開妻子逃出了公園。

美美不知發生了什麼事情，剛要問苗紅，就見苗紅指著自己破口大罵：「你是哪裏來的騷貨！敢勾引我老公，你這不要臉的東西……」罵著就去撕美美的頭髮，打美美的臉。

美美是在夢裏，經苗紅這麼一撕一驚嚇，想走走不了，一下昏倒在地。

苗紅不但不知道自己的丈夫是在夢遊，更想不到美美也是在夢遊，她見美美突然昏倒在地，以為美美自知理虧，在裝死耍賴，就踢了躺在地上的美美一腳，趕回家去，跟司徒劍南算帳。

苗紅風風火火跑回家，見司徒劍南正躺在床上大睡，更是氣不打一處來。

「好啊！深更半夜，偷偷去和小狐狸精約會，以為我不知道！你說，那小狐狸精是誰？」

司徒劍南緊閉雙眼，滿頭大汗，像根本沒聽到妻子的話。

苗紅更氣，扭住他的耳朵說：「我讓你裝，我讓你裝……」

司徒劍南被弄醒後，見妻子怒目相視，不知發生了什麼事情。

「你說，公園裏那個小妖精是誰？你為什麼深更半夜跑去跟他鬼混。」

經她這麼一說，司徒劍南倒想起了剛才的夢境，他的腦海裏很快的掠過自己在夢中與美美相會的全過程。難道這夢真的變成了現實？妻子也真的去過河畔公園？他為自己的想法即感到興奮，又感到惶恐不安。

面對妻子咄咄逼人的質問，他卻很平靜地說：「我是去湖畔公園和一個叫美美的姑娘約會了，可那只不過是我作的一個夢，難道我連作夢的權利都沒有。」

妻子說：「你就睜著兩隻大眼說瞎話吧，我問你，躺在床上作夢，能做倒女人的懷裏去？」

「那我哪能知道，」司徒劍南高聲說，「我在夢裏還夢見你也去了湖畔公園，難道這也是真的了？」

「是真的！」妻子簡直就是聲嘶力竭，「我是去了公園，要不是我去公園找到了你們，說不定現在你還正在和那個小妖精鬼混呢。」

司徒劍南被弄得一攤糊塗，他已分不清哪是真哪是假，索性讓妻子去說去鬧。妻子見他這樣更加氣憤。她一邊摸著眼淚一邊委屈地說：「我們才剛剛結婚不到一個月，你就在外邊找女人，看來這今後的日子沒法過了，我們趁早離婚，你就跟那個小妖精去過吧。」

第二天，司徒劍南的妻子賭氣回了娘家。司徒劍南夜裏被折騰了一通，也無心去幹事情。上午，他坐在電視前看本市新聞，突然看到了這樣一條消息：

「昨天夜裏，一名年輕的女子昏倒在湖畔公園，第二天一早被一晨練者發現後及時送到了湖畔醫院，經過醫生的全力搶救，這名女子已經脫險……」

司徒劍南馬上想到了美美，難道妻子說的全是真的？如果是那樣，美美不是被他害苦了嗎？司徒劍南決定盡快趕到湖畔醫院，弄明真相。

司徒劍南騎著摩托車快速趕到醫院，跑進門診室，向醫生說明了來意。醫生告訴他，早上被送進醫院的那個姑娘確實叫美美，現在正住在三十二號病房。

司徒劍南又跑到三十二號病房，見美美正安祥地坐在病床上，便握住美美的手激動地說：「美美是你，真的是你。」

美美的眸子亮了亮說：「夢，真是一場夢啊。」

「美美不是夢，是我，我是司徒劍南。」司徒劍南說，「美美告訴我，你怎麼了？」

美美說：「我也不知怎麼了，昨天夜裏我作了一個夢，夢見與你在一起，是在湖畔公園，可後來公園裏闖進一個女人來，二話不說，對我又打又罵，後來的事我就不知道了，等我醒來時，就躺在了這病床上。」

司徒劍南說：「美美，都是我不好，我對不起你啊！」

司徒劍南又多次到醫院去看美美，他在美美的床頭擺滿了鮮花。雖說是在醫院，兩個人卻難捨難分。

美美出院後，司徒劍南跟妻子苗紅離了婚，很快與美美舉行了隆重的婚禮。

頭上有顆太陽

英英和小麗都是新河鄉小學三年級學生。二十分鐘前，同學們聽到上課鈴響後，都匆匆跑進教室開始了緊張的語文考試，可英英和小麗卻被班主任帶到了這個僻靜的柴房。她倆是班級裏學習成績最差的學生，班主任怕她倆參加考試影響了全班的成績。

英英是個孤兒，母親剛生下她就患病離世。在她五歲時，父親又遭遇了一場車禍，還沒來得及送醫院，就命喪九泉。從此，她就跟著白髮蒼蒼的奶奶生活。按理說年愈七旬還纏著小腳的奶奶，也到了讓人照料的年齡，哪還有能力養育英英。由於長期營養不良，英英瘦得就像紮的紙人兒。坎坷的經歷和艱辛的生活，讓她過早地明白了許多道理，也養成了她不善言辭的性格。她一邊想著為奶奶多承擔一些家務，一邊想努力學習，將來長大成才，報答奶奶的養育之恩，可她那顆幼小心靈怎能負重。

小麗的家庭條件比英英家自然好得多，她的父親是機關幹部，母親經商，在家裏母親對她寵愛有加，在學校頑皮任性。她最喜歡的就是不斷讓母親為自己買漂亮的新衣服，把頭髮染得黃紅藍讓人分不清，再把它編成無數小細辮，就像長了一頭稠密的長麥穗。小麗還喜歡畫畫，上班畫，下班也畫。畫樹、畫鳥、畫花、畫小草，見啥畫啥，到也畫啥像啥。她從不管自己學習好壞，天天就像一隻美麗的蝴蝶，在校園裏飛來舞去。

英英和小麗被關在柴房裏，心裏都極不情願。小麗想拉門出去，可門外早上了鎖。柴房裏堆著一些被蟲蛀過的爛木塊、破課桌，還有一架棄用的舊木梯。由於平時很少有人進入，屋內到處佈滿灰塵。許多饑餓覓食的蚊子，朝英英和小麗瘋狂地撲來，兩人不斷用手拍打驅趕著。房頂有個篩子口般大的漏洞，英英透過洞口看到了天空中那顆光芒四射的太陽。在外邊時她並沒十分注意它，可在這灰暗的柴房裏，又是從洞口觀望，心裏便生發出許多感動。

「小麗，你快來看，太陽！」英英喊在一旁的小麗。

「啊！真是太美了。」小麗來到英英的位置仰頭望著說：「英英，我們在外邊怎麼沒發現太陽這麼美哪。」

小麗就從書包裏掏出一盒彩筆，一個美術練習本，趴在一張舊課桌上開始畫畫。她畫了一個很大的太陽，還在太陽的下方畫了許多正在飛翔的小鳥。一隻蚊子落在她的臉上，她「啪」一聲用手拍死後，又把沾有鮮血的蚊子貼在畫有太陽的紙上說：「就讓你變成一隻小鳥吧。」

英英還在看天上的太陽，她想用手把太陽摘下來，可太陽離她是那麼遙遠，遙遠的讓她沒有一絲希望。看夠了太陽，她就從書包裏掏出奶奶給她買的口琴，吹起了〈世上只有媽媽好〉，琴聲淒涼憂傷。

畫完太陽又在玩跳皮繩的小麗說：「英英別吹了，我聽了心裏難受。」

英英像沒聽到小麗的話，繼續吹口琴。這時，不知哪個班級的老師從門前路過，大聲喊道：「吹什麼吹，有這心思好好學習。」琴聲戛然而止。

小麗去看英英，見英英的臉上掛著兩串晶瑩透明的淚水。

英英不再吹口琴，她又透過漏洞去看太陽，太陽剛剛從一朵黑雲裏鑽出來。英英想：「如果我是那顆太陽就好了，那樣每次考試我都會考滿分，奶奶知道了一定會很高興，老師也不會把我關在這裏。」她再去看小麗，小麗還在跳皮繩，就問：「小麗，你想回考場嗎？」

小麗停下來想了想說：「想。」

下課鈴響了，英英和小麗盼著有人來給她們開門，可好長時間也沒有人來。小麗急得要哭，英英突然說：「老師肯定把咱倆給忘了，我們從房頂洞口裏爬出去吧。」

小麗問：「怎麼爬上去？」

英英指了指躺在地上的木梯。於是兩個人吃力地把木梯豎在了洞口下。英英從地上拾起書包背在身上，先爬上了木梯，隨後小麗也背起書包爬上了木梯。

柴房後邊有一條村裏新修的柏油路，離房屋牆很近長著一棵碗口粗的槐樹。英英和小麗爬出房頂的洞口後，又順著槐樹溜到地面上。兩個人怕被老師發現受懲罰，就順著柏油路撒腿跑起來。跑累了，就把書包從身上摘下來，坐在路邊喘粗氣。英英抬頭看看太陽，知道還不到放學的時間，也不敢早早回家。小麗知道父母忙都不在家，可她脖子上掛著家裏開房門的鑰匙，就約英英到她家去玩，英英不去，她就自己先回了家。

英英還是坐在路邊，她沒有地方去，也沒有什麼事可做，就把書包重新背在身上，正要從書包裏掏出口琴來吹，一輛麵包車突然停在了她的身邊。沒等她反應過來就從車上跳下一高一矮兩個男人，用一條黑布袋裝住她的頭和半截身子，把她強行架上了車，然後迅速駛去。

英英在車裏被黑布袋裝著，什麼也看不到，也不知車子開向什麼方向。只覺得自己被一雙大手死死地摁著，抬不起頭，也動不動身子。她知道遇上了歹徒，嚇得又哭又叫：「你們這些壞蛋，快放我下車，我要回家。」

「死丫頭，老實點，再喊就掐死你。」

英英還要喊，可剛張開嘴，就被伸進黑布袋的一隻手用毛巾堵上了嘴。不知待了多長時間，也不知走了多少路，車子停了下來。英英被摘掉頭上的黑布袋後，自己已是在一個陌生的房間裏。眼前站著那一矮一高兩個男人，矮個男人長著一張倭瓜臉，而且臉上有一個很明顯的刀疤；高個男人瘦得就像一條刀魚，眼裏發著凶巴巴的光。

英英想說話嘴依然被堵著，想用手去撕，不知什麼時候，兩隻小手也被反綁起來。英英的書包還在身上背著，裏面裝了很多書，英英覺得很累，可沒辦法從身上摘下來。

這時，矮個男人說：「這小妞長相孿俊，一定弄個好價錢。」

高個男人說：「別光想好事，好好看著她，她要跑了有你的好看。」說完走出房去。

矮個男人看著英英手被綁，嘴被堵，知道她不會輕易逃走，就蹲到一邊去抽煙。英英也開始冷靜下來，她巡視著房屋四周，房內除了靠北牆安著一張破木床外，並沒有其他傢俱，也不像有人住過。英英還發現木床上方的牆上，有一個一米見方的窗戶，從窗戶透進一縷陽光，正好斜照在她的身上。

不多時，高個男人端著一碗剛沖泡的速食麵走進來，把碗放在英英面前的地上，讓矮個男人給英英鬆綁。矮個男人給英英鬆了綁。

英英自己拽出嘴裏的毛巾，喊道：「放我出去！」

高個男人凶巴巴地說：「喊什麼喊，再喊就打死你，學乖你就老老實實吃飯。」

英英嚇得不敢再喊，也不吃碗裏的速食麵，只是低著頭流淚。她在想，自己不回家，奶奶肯定急壞了。

英英的奶奶見英英放學沒回家，就顛著小腳到她的同學家去問，問了幾個人都說不知道。最後，英英的奶奶又去問小麗，小麗沒敢說自己和英英被老師關進柴房的事，只說上午放學時她和英英回家，走到半道時英英就跟自己分手了。

英英的奶奶就想，英英可能到別的同學家裏去了。心裏就埋怨，這孩子到別的同學家也不跟奶奶打聲招呼，就不怕奶奶著急。可到了晚上，英英還是沒有回家，英英的奶奶就又去問小麗，這次小麗說了實話。英英的奶奶就預料出事了，急得差點昏過去，她怕英英想不開做出什麼傻事，就到處去找，學校裏、鄰居家，甚至連小河旁邊、水井邊都找遍了，還是不見英英的身影。

這時就有人告訴英英的奶奶，要她趕緊向派出所報案，派出所離英英的村莊十幾里路，英英的奶奶去不了，就找了一個電話，用電話報了案。

派出所的兩名民警很快趕到了英英的家裏，向英英的奶奶詳細詢問了英英的有關情況。還找來小麗，詳細瞭解了她和英英被老師關進柴房的經過，以及她和英英從柴房裏逃出來後的情況。最後，民警告訴英英的奶奶，他們還要到學校去調查和瞭解有關情況，要英英的奶奶不要著急，注意身體，他們一定想方設法找到英英。

第二天是星期天，英英的奶奶知道小麗不上學，就又去小麗家，想從小麗的口中得到更多有關英英的情況，可小麗的媽媽說，小麗一大早就去了她的姑姑家。英英的奶奶只好回了家。

小麗姑姑住的村子十分偏僻，離小麗的家有二十多里路。小麗有半年多不見姑姑了，打從心裏想姑姑，父親就利用星期天的時間用摩托車把她送到了姑姑家。上午，姑姑和姑父都到坡裏忙農活，留小麗自己在家玩。小麗先是在姑姑的院子裏跳皮繩，跳夠了就跑進屋裏用姑姑家的電話，給幾個同學打電話，問英英找到了沒有，同學有的說不知道，有的說沒找到。小麗就想，英英去了哪裏呢？

小麗正在想英英，就聽到從院子外傳來了隱隱約約的口琴聲，她覺得琴聲是那樣的熟悉，她一下想到了英英，難道這真是英英吹出的口琴聲。她跑出姑姑的院子，順著琴聲找去。小麗拐過兩條街巷，來到了一座房屋的後牆下，後牆上方有個窗戶，她確定那琴聲就是從窗戶裏傳出的。窗戶雖然沒關，可離地有兩米多高，小麗無法從窗戶向裏張望，只好朝著窗戶輕聲說：「英英是你嗎？我是小麗啊，我在姑姑家，聽到了你的口琴聲才找來的。」

「小麗，我是英英，你不要說話，院子裏有壞蛋。」

小麗聽了英英的回話不敢再說什麼，正想著怎樣把這個消息告訴英英的奶奶，就聽到腳下「啪嗒」一聲，從窗戶裏掉下個紙團。小麗拾起來展開，見上面寫道：「小麗，我被壞人關在這裏，快打電話讓派出所的民警叔叔來救我。」

小麗跑回姑姑的家裏，姑姑和姑父還沒從坡裏回來，她拿起姑姑家的電話，卻不知怎樣接通派出所，於是撥通了父親的手機，把自己找到英英的事告訴了父親，要父親趕緊打電話報派出所。

英英被關在屋裏一直想逃出去，可高個和矮個看得緊沒機會逃走。剛才兩個人好像有什麼急事，把她鎖在屋裏離去。英英扒著門窗玻璃看，高個和矮個並沒走出院門，而是站在院落一角正在商量著什麼。英英想奶奶了，就從書包裏掏出口琴吹了起來。不料琴聲卻引來了小麗，這讓英英感到十分驚喜。她從窗口給小麗仍了紙團後，小麗沒再說話。她就知道小麗已經看到了紙上的字，心裏就有了希望，英英一高興又吹起了口琴。

這時瘦高個開門進屋，二話沒說，奪過她的口琴摔在地上，又用一隻腳把它踩扁。矮個端著一碗速食麵也走進屋來，高個跟英英說：「你把這速食麵吃了，一會就送你回家。」

英英雖說不相信高個的話，可肚子確實也餓了，就接過碗吃起來。英英有意吃得很慢，她想拖延時間，等小麗帶人來救她。這時，院外停下了一輛黑色轎車，高個和矮個把還沒吃完面的英英又反綁了起來，堵上嘴，用原來那個黑布袋裝住頭，然後推上了車。車還沒來得及啟動，兩輛警車快速駛來堵住了去路，黑色轎車上的兩個歹徒見事不妙，剛想跳下車逃跑，就被四名員警捕住銬了起來。

當一名員警把英英頭上的黑布袋摘掉後，她看到奶奶、小麗的爸爸和小麗都朝自己走來，她跳下車撲進了奶奶的懷裏。

小小說

獵狐

獵人扛著賊亮的獵槍，爬到半山腰時，已累得微微喘起了粗氣。他畢竟年事已高，都快六十歲的人了，不僅頭髮變得蒼白，臉上也爬滿了皺紋，腿腳也開始不聽使喚。要不是為了那隻狐狸，他才不會這麼早，這麼急就爬上山來。

昨天黃昏，下山回家的路上。他在一棵兩摟多粗的老槐樹下看到了那隻狐狸。狐狸全身的皮毛火紅，紅得就像一團燃燒的火苗。他知道自己是遇上了一隻皮毛十分珍貴的火狐，心裏激動地怦怦跳了起來。那隻狐狸似乎並沒有發覺他，獨自拖著長長的尾巴在大樹下來回走動。他趁其不備就是一槍，可跑到樹下時，除了看到地上有幾滴鮮血，卻找不到死狐，仔細查看，才知樹脛底部有一空洞直通樹端，狐狸是通過樹洞翻過大樹逃走了。他知道，自己不僅是遇上了一隻在這大山裏少見的火狐，也是一隻狡猾的狐狸。就從那一刻起，他便下定決心要把牠獵到手。

獵人呼吸著早晨清新的空氣，依然明亮的眸子朝大山的四周望去，山樑的兩側，便是幽深的峽谷。淡淡的白霧，縈繞籠罩著峽谷內稠密的樹林，讓大山變得更加神秘，更加奇幻。獵人看看太陽才剛剛冒出山頭，就坐在了路邊一塊石頭上小息。他在想：「那隻火紅的狐狸藏身在什麼地方呢？也許是在右側峽谷的密林中，也許是在左側峽谷的某一塊怪石後，不管藏身在何處，只要還在這座大山中，我就一定會找到牠。」

峽谷裏的白霧漸漸消散。獵人起身少作思忖，鑽進了右側峽谷的密林中。他端著獵槍，每片樹林、每條溝壑地尋找，甚至不放過任何一塊大石、一處草叢，無奈連狐狸的蹤跡也沒發現。當他將要放棄這條峽谷，走向另一條峽谷時，卻在一塊大石下找到了一隻剛剛學會走路的小狐狸。小狐狸的皮毛同樣火紅，獵人猜想，牠與自己尋找的那隻火狐肯定有某種血緣關係。於是他把小狐狸用一根草繩倒掛在一棵樹上，讓牠離地不足一米高，然後隱身到附近的草叢裏，只等火狐上鉤。大約等了兩個小時的時間，獵人在草叢裏蹲的腿腳發麻，幾乎就失去了耐性。這時只聽「嗖」的一聲，火狐凌空射向草繩。草繩斷後，小狐狸滾下山去。火狐並沒有停下來，早已順勢鑽進了密林。獵人想不到火狐的動作如此之快，快的讓他來不及舉槍，甚至分不清牠在瞬間來去的方向。他知道這是一隻不循規不蹈矩的狡狐，要想對付這樣一隻狐狸，並不是一件容易事。

他又在密林中搜索了半天，卻再沒有看到狐狸的影子。天雖然還早，獵人卻走出了密林準備下山。他掛念著家中那七隻蘆花大公雞。想趕在天黑前，回家把雞欄門關上，免得山下的野狸、黃鼠狼等野物把雞叼走。

獵人的家就坐落大山腳下，十年前他用大山上的石頭壘牆，山草披頂，建起了三間房屋，院子周圍是用長樹枝紮起的笆籬牆，算是獨門獨院。門前便是他經營了多年的一片蘋果園子。屋後有一眼山泉，泉水潺潺流淌，給這片園子帶來了靈氣，使果樹長的枝繁葉茂。夏天，樹上果實累累。秋天，果香四溢。不少人都知道，獵人最心愛的就是他上山時肩上扛的那枝獵槍和這片蘋果園子。

第二天，獵人一大早就起身，準備扛上獵槍進山。可他突然想到，這幾天只顧尋找那隻狐狸，卻忘了去看看蘋果長得怎樣，於是就走進了園子，不料他看到的是地上落滿了雞蛋般大的青蘋果。這一下他傻了眼，頭「轟」的一聲脹的老大，很長時間才反應過來。他想，是不是夜裏刮大風下冰雹刮落或砸落了這些青蘋果。可他抬頭看看天，天空瓦藍，根本沒有刮過風下過冰雹的跡象。他彎腰去拾地上的青蘋果，卻發現地上佈滿了一種野獸的爪跡。他仔細辨認，確定那是狐狸的爪印。他什麼都明白了，這是山上那隻火狐在對他進行報復。

獵人被狐狸激怒了，他匆匆回到屋，扛上獵槍，朝大山上奔去。他在山上整整轉了一天，不但沒有找到那隻大狐狸，就連被牠救走的那隻小狐狸的蹤影也沒有發現。次日，他那七隻蘆花大公雞卻沒了蹤影。他到屋前屋後去找，沒有；去蘋果園子裏找，也沒有；就到不遠的一條山溝邊去找，卻在那裏發現了一攤五顏六色的雞毛，他知道又是那隻可惡的狐狸所為。

陰險狡詐的狐狸把獵人搞的神魂顛倒，寢食不安。就連夜裏作夢都夢見狐狸在朝自己呲牙咧嘴，張牙舞爪，像在示威，又像在嘲笑，他知道這次是碰上了真正的對手。要說起初他一心想獵捕到牠，是為了牠那身金貴的皮毛。可現在卻不僅僅是為了牠的皮毛，還為復仇。復仇的火焰在獵人的胸中愈燒愈旺，可暫時他卻找不到對付狐狸的辦法。不過從狐狸不斷報復的情況來看，至少說明牠暫時還沒有離開這座大山。獵人想：「只要狐狸還在這座大山上，自己就有找到牠的希望。」

轉眼，到了農曆六月份。許多人都開始忙於準備敬山的用品，有的殺豬宰羊，有的出山趕集買香買紙。路上車水馬龍，戶戶庭院飄香。

「六月六」敬山神是這一帶的風俗。這一天，人們會在山坡上安放一張擦得乾乾淨淨的方桌，擺上供品，燒上香火，對著大山三叩九拜，以祈求山神保佑。獵人天天在山上轉，對敬山更是不可掉以輕心。只是他在準備敬山用品的同時，一直沒有忘記那隻狐狸。他想：「『敬山』時，滿山杳峪飄著酒肉的香味，狐狸肯定禁不住香味的誘惑走出大山，我要借機除掉牠，以解心頭之恨。」

六月六日一大早，獵人就扛著一張方方正正的木桌爬上了山崗。這次與往年不同的是，他走出了離家很遠，來到一個僻靜的山坡。他把桌子在一塊平地上安牢，開始往桌面上擺菜。盛菜用的是大大碗公，有魚有肉，整整擺了八大碗。擺完菜，他又把一口盛著糧食的木盛放在了菜前。然後把三炷香插在盛中的糧食上，點燃。

淡淡的香煙和著魚肉的香味飄進大山，獵人就像看到那隻狐狸聞到香味嘴上拖著長長饞涎。等盛裏插的香燃到離糧食不到一寸時，他便在供桌前點了紙，然後朝大山磕了三個響頭，獨自離開了山坡。

火紅的狐狸終於出現了，牠的身後還跟著那隻小狐狸。牠們順著一道溝沿東張西望，小心謹慎地朝山下走來。其實牠們聞到酒肉的香味早已鑽出了密林，只是沒有貿然靠近。牠們像往年偷吃供品前一樣，就遠遠的站在那裏四處張望，觀察周圍的動向。牠們看到了幾處敬山的供桌，但最後還是悄悄地向獵人的供桌潛來。

兩隻狐狸來到供桌前，幾乎是同時跳上了桌面。小狐狸剛要搶著去吃一隻大碗公裏的大肉，就被大狐狸用爪子打翻在地。小狐狸像明白了什麼，和大狐狸一起把一碗碗菜倒在桌面上。狡猾的狐狸是怕獵人在菜裏下了毒，根本不去真吃，牠們來只是利用這種方式對獵人進行報復。牠們計畫把獵人的供品全部毀壞後，就跑到其他供桌去偷吃供品。牠們把碗裏的菜全部倒掉，又把一隻隻大碗公摔碎，剛要離去，突然供桌上爆發出了「轟」的一聲巨響。

獵人並沒有回家，他正躲在一低窪處觀看供桌周圍的情況。為了捕獲狡猾的狐狸，他費盡心機，絞盡腦汁，想出了一條妙計——他把用來燒香的木盛裝上炸藥，再在炸藥上面覆蓋了薄薄的一層小麥，然後把香插進升裏點燃，這樣等香燃盡，炸藥就會點燃爆炸。他知道狐狸一定上鉤，要麼是偷吃供品，要麼是伺機報復。可他又怕狐狸來的不是時候，所以一直守在供桌旁，等盛裏的香快燃盡時才離去，給狐狸靠近的機會。現在他聽到「轟」的一聲巨響，知道香火引爆了炸藥，就迅速跑去。

趕到現場，他看到木桌已被炸得粉碎，空氣裏彌漫著炸藥濃烈的嗆味，不遠處那隻火紅的狐狸已被炸去了半個腦袋，可牠的懷裏還抱著奄奄一息的小狐狸。

看到這一幕，獵人的眼眶濕潤了，沒有絲毫報復成功的快感。

教授，老人，狗

他醒來的時候，見自己已躺在一座堅固而別致的小木屋裏。他不知這是什麼地方，也不知道在這裏已睡了多長時間，只感到眼皮沉的像兩座小山一樣壓的兩眼睜不開，渾身疲憊無力。他極力地回憶著在這以前的事情。他記得自己斜背一臺照相機，一隻塗著深綠色的鐵質水壺，還有簡單的食品，走進了一片原始森林。他此行的目的是為了尋找更多的機會，用特殊的語言和森林動物交流。當然，若能在動物身上有新的發現更會讓他興奮無比。不料還不到半天時間，他卻感到胸中憂悶，喘氣困難，最後竟昏倒在地……

他用力支撐著，想從床上爬起來，可幾次沒有辦到。他抬起頭見床下有一條狗正好奇的望著他，尾巴搖來搖去，想跟他說些什麼。他一看就知道這是一條兇猛無比的獵狗，不知為什麼他一下喜歡上了這條皮毛灰黃的狗。他懂得不少動物的語言，也多次試著用動物的語言跟牠們交流。眼下他希望這條狗能跟他談些什麼。

「尊貴的客人，你叫什麼？」獵狗真的用自己的語言說話了。

教授聽懂了牠的話，也同樣用動物的語言說：「可愛的寶貝，我叫夏侯傳新，是教授。教授你懂嗎？你叫什麼名字？」

獵狗說：「我叫皮特，我的主人就這樣叫我。」

這時一位頭髮蒼白，滿臉皺紋的矮個老人兩手端著一隻大碗走進屋來，教授想：「這一定是狗的主人，也是屋子的主人。我昏倒後一定是他救了我。」他才待起身表示感謝，老人一手端碗，騰出一隻手按住他說：「別動，你已昏睡了兩天，身上肯定沒有氣力，我給你做了一碗野蘑靈芝湯，你喝了對身體恢復有好處。」說完把湯一勺勺送進教授的口裏。

教授喝湯時，獵狗一直蹲坐在床前，兩眼望著教授，不停地搖著尾巴。

教授說：「他叫皮特？」

老人先是一驚，後又想可能是自己進屋時曾叫過狗的名字，已被他聽去。

教授喝完湯渾身上下頓感清爽，話也多起來。僅僅是一碗湯的時間，他就把善良而淳樸的老人看成知己，他向老人敞開了心扉，他告訴老人自己是一名生物教授，喜歡和動物交流，他這次走進森林目的就是更廣泛的接觸動物，哪怕是狼蟲虎豹。

老人一直是在聽教授說，自己很少插話，後來他說了一句話：「我一直在作著一個夢，一個永遠實現不了的夢。」

教授問：「那是一個什麼樣的夢？」

老人只是笑了笑再不作聲。教授感到茫然，就去看那條狗，狗也茫然。

教授的身體雖說有所恢復，可老人堅持讓他留下來，再靜養幾天，教授遵從了老人的意見。

平時老人出山打獵，就把獵狗留在家裏與教授做伴。獵狗和他的主人一樣熱情，半刻不離教授身邊。

教授喜歡用特殊的語言與牠交流，他從狗的嘴裏得知，牠的主人年輕時曾有一個讓他愛的死去活來的漂亮女人，可進山時不幸被毒蛇咬中，毒發身亡。女人死前沒有給他留下一男半女，他也一直獨身。

獵狗說，牠並沒有見過那個漂亮的女人，牠它講的這些都是主人在吃飯時自言自語地吐給牠的。

教授從獵狗的敘述中得知了老人深埋在心中的痛苦和獨身帶來的寂寞，他想從獵狗的嘴裏知道更多有關老人的事情。獵狗真的沒有讓他失望，牠告訴了教授一個不為人知的秘密，至少教授這樣認為。牠說自己的主人每天夜間兩點多鐘，都悄悄到離小木屋二百米遠的一片草坪上與一個漂亮的女人約會。

教授先是感到驚訝，然後又問：「皮特，那女人叫什麼？」

皮特沒有回答。

教授極力提醒獵狗多講一些有關這個女人的情況。

獵狗有時能聽懂教授的話，有時聽不懂教授的話。但牠它最終沒有離開教授的話題，牠它說女人有一頭金黃色的頭髮，一雙美麗的大眼睛，兩腮白裏透紅，鼻翼右側長一顆紫紅痣，身穿一天藍連衣裙。主人一見到她，兩人就坐在草坪上喁喁私語，有時兩人抱作一團在草地上恣意翻滾。

教授覺得皮特的話有些離奇，可他相信現實生活中，什麼奇蹟都有可能發生，問題是自己如何去驗證皮特的話。他想答案還得從獵人身上找。

教授離開木屋的頭一天，獵人沒有進山打獵，一直陪著他，晚上獵人同樣和教授睡一張床。

教授心裏藏著事睡不著，就讓獵人也睡不著。面對面坐在床上，教授向獵人提出了許多問題，包括獵人是怎樣住進的這座木屋，又為什麼一直是獨身。

獵人先是默不作聲，最終還是開了口。他說自己原來深愛著一個姑娘，那姑娘有一頭飄逸迷人的金色黃髮，眼睛像會說話，鼻子右側的那顆紫紅痣會給人留下很深的印象。她特別喜歡藍色，常常仰望蔚藍的天空。穿衣服也喜歡藍色，夏天常穿一藍色連衣裙，可自己卻沒有保護好她。說到這裏他內心的痛苦洩露無遺。

教授不願打斷他的講述，抱著諸多的疑團聽下去。

獵人接著說，一次自己帶著姑娘進山，不料姑娘被蛇咬傷，恰巧手裏斷了蛇藥，延誤了治療，使姑娘身亡。姑娘死後自己一直忘不了她，從此變得少言寡語，不願與任何人來往，為尋安靜才搬進了這座遠離人跡的林中木屋。為了排遣憂悶自己又從山外抱了一隻狗。

「就是牠。」獵人說到這裏向蹲在地上的皮特指了指，又說：「我有什麼心裏話都願跟皮特說，皮特通人性，幫了我不少忙。」說完又用手拍了拍皮特的頭。

教授愈聽愈感迷茫，他就像走進了一座高深莫測虛幻萬變的迷宮，梳理不出頭緒。顯然，獵人和皮特所說的女人是同一個女人，他不相信一個已經死去了的女人能在深夜與活人相會。既然是獵人活見了鬼，獵狗皮特怎麼會知道得如此詳細，再說自己來到木屋後，夜間一直和獵人住在一起，他可從來沒有離開過。再說，即使獵人拿自己深愛的女人虛構了一個離奇的故事，在寂默的時候講給皮特聽，皮特也不會聽懂，除非獵人……他不願再徒勞地想下去，想在皮特的嘴裏找到答案，卻見皮特蹲在地上，專注地望著早已躺下入睡的獵人。

教授問了皮特幾個問題，皮特根本不予理睬。他想喚醒獵人，就用力搖晃了幾下獵人的身子。

獵人很不情願地動了動，囁嚅道：「別動我，壞了我的好夢。」

「夢，什麼夢？」教授之所以用這麼急的語氣問，是從獵人懵懂的語言中，獲得了一種資訊。他又去晃獵人。

獵人坐起來說：「我又夢見了我心愛的女人，她穿一件藍色連衣裙在草坪上跑，我在後邊追，還沒追上就被你晃醒了。」

教授頓時醒悟，他看了看安放在床頭櫥上的一隻舊馬蹄錶，時針正好指向兩點。他又去看皮特，皮特也在望著他。他用只有皮特才能聽懂得話激動地說：「皮特，你是否看到你的主人在作夢，夢裏有一個漂亮的女人，是以前你跟我說過的那個女人。」

皮特點了點頭。

狗能看見人作夢，這是教授新的發現。

獵人與狼

黃昏，獵人與一隻兇惡的母狼，在陡峭的懸崖半腰對峙著。

獵人手裏端著黑亮的獵槍，可不能扣動扳機。因為他的槍裏根本沒有裝進鐵砂，具體點說是他還沒有來得及往槍裏裝鐵砂。現在他拿它對著狼是想先從氣勢上嚇住狼，讓狼在不明真相的情況下不敢輕舉妄動。

就眼下獵人與狼所佔據的位置而言，獵人占了絕對的劣勢，因為狼的背後是一個深不可測的石洞，在生命危機關頭，牠可以逃進洞穴。而獵人的背後卻是深不見底的陡峭懸崖，一旦受到狼的襲擊，就是不被狼吃掉，掉下懸崖也會摔得粉身碎骨。

母狼並沒有襲擊獵人的意思，這至少讓獵人有了心理準備。但他沒有絲毫的鬆懈，兩手把黑亮的獵槍握得更緊，畢竟自己與狼只有兩米之遙。在這生死攸關的時刻，他想到了自己那可憐的才只有七歲的女兒。女兒一生下來就失去了光明，當她懂事後最想要的就是自己的眼睛能看到太陽，看到爸媽長得什麼樣。可媽媽為了給她治病，在她三歲時上山採藥失足滾進山澗，從此杳無音信。女孩失去了母愛，卻更成了獵人的牽掛。每到黃昏，獵人都要下山趕回家給女兒做飯，要不是那隻該死的兔子，他早就回到了女兒的身邊。

獵人和狼仍在對視著。獵人後悔下山前退出了槍膛裏的鐵砂，這是他多年養成的習慣，主要是怕在下山的路上碰到獵獲目標禁不住持槍追趕，延誤了回家的時間。可這次下山卻遇到了意外，當他走到山崖上邊時，一隻肥碩的兔子出現在他前面不遠的地方，他怕誤了回家給女兒做飯，本來不想追趕那隻兔子，可兔子卻在前面跳來跳去，像有意逗他。他摘下肩上的槍，朝兔子做了一個瞄準的動作，那隻兔子驚慌地跳下了山崖。他想看個究竟，也隨後來到了山崖邊，不料失足墜下了懸崖，幸虧崖半腰長出的一縱荊棘棵掛住了他的衣服，他才落到了這石洞前。

天色漸暗，一隻老鷹在獵人和狼的上空盤旋。獵人覺得這是一個不祥之兆，因為他聽說老鷹可嗅到死人的氣息，難道這次真的是在劫難逃？他眸子裏放射出的光像利箭般射向母狼，狼依然沒有攻擊他的意思，反而有原來站立著變成了蹲坐在地上，兩隻眼裏也發出了乞求的目光。

獵人突然想起了有關這大山的一個傳說，這是他從小就聽人講的一個故事，說這座山上有一個山洞，洞裏有金馬駒、金豆子和金姑娘，金姑娘趕著金馬駒，天天磨著金豆子，山洞是一個老頭看著。誰要能找到山洞，就能得到這些寶貝，過上榮華富貴的生活。難道眼前這個山洞裏真的藏有寶貝，而這隻可怕的母狼就是那看洞老頭的化身？

母狼突然站立起來，開始向獵人逼近。獵人渾身一抖，重新進入了高度警惕的狀態。當狼逼近身邊時，獵人用槍托狠著勁朝狼的頭部砸去。狼迅速後退，躲過了致命的一擊。牠似乎意識到獵人的槍是空的，就更加囂張，更加猖狂，再次朝獵人兇猛地撲上來。獵人急忙躲閃到一旁，狼由於撲力過猛，慣力大收不住身，躍下了懸崖。獵人朝崖下望了一眼，透出了一身冷汗。

獵人走進山洞，發現洞很淺。藉著洞口透進的光，他看到一窩狼崽抱在一塊睡得正香，他數了數共四隻。這時，他突然想起了在家等他回去做飯的女兒，他把狼崽一隻隻揣進懷裏走出山洞，然後把獵槍摔下了懸崖。

黃牛奇情

鄭屠夫光著脊背弓著腰，在院子中央毒太陽下的一塊粗糲的磨石上，「霍霍霍」地磨著宰牛刀。陽光像燒熱的烙鐵貼在他的身上，讓他那紫紅的臉上很快就滴下了大顆的汗珠。那頭將要被殺的老黃牛，早已被綁牢了四蹄，放倒在一旁。牠那恐懼的兩隻眸子裏流出了兩行絕望的淚水。一頭同樣皮毛透黃的小牛犢，驚恐不安地圍著老黃牛打轉，無疑，牠是老黃牛的孩子。小牛犢顯然已知道了母親的生命將走到盡頭，牠在為母親的命運焦慮和擔憂。

鄭屠夫很珍惜自己的宰牛刀，他知道怎樣去掉刀上的繡跡，知道怎樣讓刀變得鋒利無比。綁好老黃牛後，他從牆根搬出一塊粗礪的磨石放在院子中央，又端來一盆清水，一隻手把清水灑在磨石上一些，開始彎下腰霍霍磨起刀來。

每到宰牛前，他都用同樣的姿勢磨宰牛刀，他覺得磨刀的過程是一種體驗收穫的享受。他願意把腰彎得很低，讓目光與刀短距離相接。聽到霍霍的磨刀聲，他的心裏有一種按捺不住的衝動和激動。他手中的這把刀子不知宰殺了多少牛，他幹的就是白刀子進去紅刀子出來的營生。磨刀是他殺牛的前奏，聽到磨刀聲，他就像軍人聽到了軍號聲，就像工人聽到了隆隆的機器聲，渾身就充滿了力量，心裏就充滿了自信。

他認為刀子已經磨到了理想的火候，於是就停了下來，直起腰板，抹了一把臉上的汗水，然後把刀放進水盆，讓清水沖刷掉上面的磨泥和鏽跡，開始測試刀刃的鋒利程度。刀磨的是否鋒利憑眼睛是看不出來的，只有用手指去感受。他用右手大拇指指肚「蹭」了幾下刀刃，確信刀子已鋒利無比。

不知什麼時候，小牛犢來到了鄭屠夫的身邊，牠它用乞求的目光望著他，想讓他放過自己的母親，牠的目光裏充滿了親情，充滿了期望，流露出了一種信念和力量。他迎著牠的目光，只是短暫的心悸，很快的就平靜了下來。他並沒有為牠的目光所動。他見過牛死前的多種目光：哀求的、憤怒的、絕望的、恐懼的，這些目光都沒有讓他動搖過，更不用說眼前這頭乳臭未乾的小牛犢。他回了小牛犢一個兇狠的目光，並把鋒利的宰牛刀牠的眼前晃了晃。小牛犢昂起頭發出了一聲絕望的吼叫。

鄭屠夫把宰牛刀重新放到磨石上，回宰牛房取其他東西。等他回來時，刀子已沒了蹤影。他覺得十分奇怪，就到處找。很快，他發現那刀子已被小牛犢叼在了嘴裏。他像意識到了什麼，想把那把刀從小牛犢的嘴裏搶回來，但為時已晚，小牛犢已把刀子吞進了肚裏。

那頭被綁的老黃牛，看到小牛犢的舉動，也想掙扎著站起來阻攔，但終未成功。牠開始朝著小牛犢呼喚，那是親情的呼喚，生命的呼喚。小牛犢跑到老黃牛的身邊跪倒，用頭去撫老牛的皮毛，老黃牛也伸出舌頭去舔小牛犢的頭。

鄭屠夫看到這驚心動魄的一幕，陡升心寒。他不認為這是母子兩頭牛的悲哀，而是自己命運的不祥之兆。他在慌亂和不安中，給那頭老黃牛解了綁。兩頭牛相擁，脖頸相交，相互撫慰。

小牛犢並沒有因吞刀而死去。大難不死的牠幾乎天天都離不開老黃牛，母子倆更加親近。

鄭屠夫再拿起宰牛刀時，雙手就無端的顫抖，怎麼也不聽使喚。他已意識到自己的屠宰生涯已走到了盡頭。他把所有的屠宰用具全都賣掉，開始以種田為生。他把大小兩頭牛留在了身邊，讓牠們幫著自己拉車耕地。兩頭牛並沒有記恨他，也沒有復仇的意圖。這樣的日子過了並沒多長時間，不幸又降臨到了老黃牛的身上。

一次老黃牛和小牛犢跟鄭屠夫出坡，在回來的路上，路過一陡壁懸崖時，老黃牛不慎失足墜崖，氣絕身亡，小牛犢站在懸崖上發出了讓人撕心裂肺的叫聲。鄭屠夫把老黃牛埋在了一片山坡上，然後要帶著小牛犢回家。可小牛犢流著淚趴在老黃牛的墳前，怎麼也不肯離去。他理解小牛犢的心情，於是從家中用口袋給小牛犢背來了飼料，小牛犢卻不肯吃。小牛犢一天天瘦下去。當鄭屠夫再次來到時，見牠已死在老黃牛的墳前。

站在小牛犢的屍體旁，鄭屠夫再次想到了小牛犢吞吃了鋒利的刀子後怎麼沒有死。他找人來把牛腹刨開，見那把刀子被厚厚的粘膜包裹著，靜靜地躺在牠的胃與腹之間。

鄭屠夫想：「好一個情字。最終還是它讓小牛犢走上了不歸路。」

鳥醫藍靈

灰喜鵲藍靈是著名的鳥類醫生，牠以精湛的醫術拯救了無數飛鳥的生命。因此，牠在鳥類享有極高的威望，包括牠棲身的那棵百年老樹以及樹上那碩大的鳥巢，也成了鳥類關注的對象。

這天，一陣細雨過後，牠跳出巢穴，搧動了幾下翅膀，深深吸了一口新鮮空氣，蹬高遠眺，發現雨後的夏天正孕育著勃勃生機。牠聞到了山上密林深處各類小鳥的歡唱，牠陶醉在這悅耳的歌聲中。突然，一聲搶響從密林深處傳來，鳥的美妙歌聲戛然而止。

藍靈醫生的心也猛一抖動緊縮起來，牠盼望著槍聲不要和鳥類有關連，可牠驚魂未定，一隻受傷的貓頭鷹就落到了大樹上。

貓頭鷹一邊用爪子死死抓住樹枝，一邊向藍靈醫生苦苦哀求：「藍靈醫生，快救救我吧！」

藍靈醫生忙把牠扶進診所，為牠檢查傷情。藍醫生告訴牠，那顆罪惡的子彈雖然在牠的脊背穿了一個黑洞，但還不至於奪走牠的性命。藍醫生為牠清洗傷口、消毒、上藥、包紮，然後讓牠暫時住在診所以便觀察治療。

藍醫生為貓頭鷹處理好傷口，還沒來得及喝口茶，喘口氣，一隻燕子就飛進了診所。

燕子說：「藍醫生，我最近得了一種怪病，隔不多長時間就控制不住從嘴裏發出吱吱的叫聲，同時伴有噁心，煩燥，心神不安。」

藍醫生聽完後稍加思索說：「你得的這種病是噪音引起的，請你說說你的居住環境。」

燕子告訴藍醫生，牠住宿附近有一條公路，晝夜行車聲，喇叭聲不絕於耳，南面有一家工廠，天天機器隆隆作響。

藍醫生給燕子包好藥後，建議牠搬遷新居，改善居住環境。

燕子銜藥剛剛飛走，一隻水鳥又飛進了診所。

水鳥說牠昨天開始腹瀉，鬧得渾身無力。

藍醫生問牠近日飲食狀況。

牠說常到小河裏捕捉小魚吃。

藍醫生診斷是食物中毒。

經藍醫生這麼一提醒，牠才突然想起自己飛進那條小河捕魚時，見水裏有翻著白肚的死魚，那死魚一定也是中毒死的。可牠還是不明白，牠捕吃的是活蹦亂跳的新鮮小魚，怎麼也會中毒呢？牠哪裏會想到小河上游有一家化工廠，排出的大量污水就污染了這整條小河。

水鳥飛走後，藍醫生陷入了深思，牠想有多少人為了一飽口福就濫殺亂捕飛鳥，牠曾在一家餐館附近透過明亮的玻璃窗看到一桌派頭十足的人，把一盤油炸麻雀一隻隻送入口中，讓人慘不忍睹。有多少人為了大把大把撈錢，亂砍濫伐樹木，使無數隻飛鳥無家可歸，到處流浪。有多少人不注意保護環境，給鳥類帶來了極大的痛苦。

藍醫生再不沉默，牠要以一個醫生的良知向人們提出強烈抗議。牠抓起手術刀，朝自己腿上刺去，鮮血從深深的刀口裏流了出來，牠用筆蘸著血液伏案疾書，很快在紙上列出了人類與鳥類和平共處的十條建議。牠要把這封血書親手交給人類有關部門。

可牠帶著血書剛剛飛出診所，一隻黑洞洞的槍口早已瞄準了牠。

鸚鵡事件

吳縣長喜歡養鳥，財政局鄭局長也喜歡養鳥，而兩人皆好侍弄鸚鵡。要說吳縣長玩鸚鵡是純屬個人嗜好，那麼鄭局長養鳥卻是為了巴結和討好吳縣長。

鄭局長這麼做自有他的一套理論。他認為兩個人只有有共同愛好，才能相互溝通，才有共同語言。若能與吳縣長從心靈上溝通那意味著什麼？鄭局長就為了得到這種「意味」才在養鳥上頗是下了一番功夫。

最瞧不起鄭局長的是楊副局長，在他眼裏鄭局長是個不學無術，阿諛奉承，溜鬚拍馬，投機鑽營的勢力小人，兩個人自從在一起工作就沒尿到一個壺裏。

楊副局長一看到鄭局長和人談鸚鵡時那眉飛色舞的樣子，心裏就罵：「鸚鵡是你爹？是你娘？」可不知為什麼，恨過罵過之後，自己也在家中暗暗養起了鸚鵡，且把鄉下的小表妹專門請來調教那隻鸚鵡。小表妹身懷養鳥絕技，她要和鄭局長一比高低。

鄭局長不曉得楊副局長養鳥之事，只有一門心思調教自己那一隻。功夫不負有心人，終於有一次，鄭局長趕到縣政府向吳縣長彙報完工作之後，吳縣長隨口道：「聽說鄭局長養了一隻鸚鵡很是討人喜歡。」

鄭局長忙答：「不敢，不敢，哪有吳縣長的鳥有靈氣。」

吳縣長就又說：「好了，等有機會讓我也見識見識。」

後來吳縣長真的到鄭局長家裏觀察那隻鸚鵡，鸚鵡見了吳縣長在籠子裏上下跳著直叫：「恭喜升官，恭喜發財。」惹得吳縣長心裏很是高興。

面臨縣政府換屆，副縣長人選成了人們議論的焦點，不少人在暗地裏傳，財政局鄭局長有望當選。鄭局長與吳縣長的接觸也頻繁起來。

一次，他們又在大門前相遇，吳縣長說：「鄭局長，你家那隻討人喜歡的鸚鵡近來可好？」

「好，機靈著呢。」

「你不覺得他有點孤獨？」吳縣長說完瞅著鄭局長。

可鄭局長一時竟沒明白過來。

吳縣長又說：「你的那隻若能與我的那隻配對，那可真是珠聯璧合。」

鄭局長翻然醒悟，忙道：「只要吳縣長不嫌棄，我立馬給您送去。」

兩個人說完這些話時，楊副局長也正好路過，他嘴上與吳縣長打著招呼，心裏卻在罵鄭局長：「狗日的，你見了縣長喊爹，見了我的鸚鵡就得喊爺。」

鄭局長想盡快把那隻鸚鵡送給吳縣長，可等下班回家一看傻了眼，那隻鸚鵡不知為什麼死在了籠子裏。鄭局長感到這是一個不祥之兆。無論如何得再搞一隻，他這樣想著立馬朝附近一鳥市奔去。也活該他倒楣，若大一個鳥市並沒有多少鸚鵡，且不是慵兒叭嘰的，就是徒有虛表。這時一戴墨鏡的女子提一鳥籠出現在他面前，「先生買我的鸚鵡吧……」沒等女子說完，那籠子裏的鸚鵡就開了口：「先生您好恭喜發財。」鄭局長一下子就喜歡上了這隻鳥，他甚至沒有問價就掏錢買了下來。

次日一早，鄭局長提著鸚鵡邁進了吳縣長的家門。吳縣長迎上來還沒有發話，那隻鸚鵡就開了口：

「先生您好，恭喜發財。」

「這真是一隻精靈。」吳縣長情不自禁的道。

「吳縣長這隻鳥……」

還沒等鄭局長把話說完，那隻鸚鵡又快語驚人：「吳縣長是混蛋，王八蛋！」

這突兀的變故讓兩人目瞪口呆，以至鄭局長不知如何憤怒地摔死了那隻可惡的鸚鵡，不曉得怎麼回家。

縣政府換屆時，鄭局長不但沒有當上副縣長，就連局長的位子也沒保住，接替他的是楊副局長。後來，他才知道在鳥市上賣給他那隻死鳥的女人，原來是楊副局長的小表妹。

城市上空的雞鳴

王大娘被兒子王虎接進了城裏住，村裏的人都說王虎孝順，王大娘有福。

王大娘進城後，兒子專門為她騰出了一個房間，床鋪也拾掇的十分舒適。可王大娘第一天夜裏就失眠了。

半夜醒來，王大娘再也睡不著。睡不著覺的王大娘躺在床上，睜著兩隻深陷的眼想，難道是自己年齡大了，睡意少了？可以前從來沒有這樣啊。那麼，難道是身子出了問題？可動了動胳膊和腿，也沒有不適的症狀。她突然發現房內的燈一直還亮著，就在心裏罵自己老糊塗，睡覺還亮著燈，純是敗家子。沒來城裏前，她在村子裏住著兩間平房，長著一盞十五瓦的燈泡，天不黑透不亮燈，上床就把燈拉滅，為的是省幾毛錢的電費。來城了，住兒子的房，長兒子的電，睡覺卻不知拉燈，就從心裏覺得對不住兒子。

可王大娘關燈後還是不能入睡。房內一片漆黑，王大娘側臉朝窗戶望去，透過窗戶上的玻璃，她看到城市的天空依然很高，星星離自己也依然十分遙遠。她覺得這城市的夜空像缺少了點什麼，細細地想，突然想起是缺少了雞的鳴叫聲。

在村子裏住，夜裏她一覺醒來就會聽到自己餵的那隻蘆花大公雞高亢的鳴叫聲。她的雞一叫，全村的雞就一呼百應地叫。聽到雞的叫聲，她的心裏就會溢滿濃濃的鄉情，就會在陶醉中進入甜蜜的夢鄉。現在她盼著這城市的夜空裏也能響起洪亮的雞鳴聲，可盼到天明也沒有盼來。

第二天王大娘想讓兒子王虎去鄉下，把她的蘆花大公雞帶回來，可當她看到兒子繁忙的身影，就不忍心再讓他跑一趟。夜裏醒來，聽不到雞的叫聲還是睡不著覺，幾天下來，王大娘的兩眼熬得又紅又腫。

大虎以為娘的眼睛得了病，就要帶著娘到醫院去看醫生，娘不去，兒子逼得緊了，娘就說了實話。大虎聽娘說半夜聽不到雞叫睡不著覺，心裏很是不安，看著娘熬得兩眼紅腫更是心疼。大虎二話沒說，開著車跑到鄉下老家，連雞加籠撂進後備箱，一溜煙帶回了城。

王大娘見兒子把雞從鄉下帶來，佈滿皺紋的老臉笑成了一朵燦爛的秋菊。她把雞籠提進了自己住的房間，說餵著方便。可兒子說放在房內不衛生，就提到了樓頂。

夜裏王大娘一覺醒來，果然聽到了雞鳴。雞的鳴叫聲從樓頂飄出，飄得很遠很遠，在城市的上空迴旋，讓城市的夜空更美麗更生動。

躺在床上的王大娘想：「城市怎麼會沒有雞鳴，有了雞鳴的城市才像一座真正的城市。」她想著想著就進入了夢鄉。在夢裏，她看到無數的彩雞在空中舞動鳴唱，隨著雞的鳴唱，城市的大地上朵朵鮮花盛開，那芬芳的花香，飄進了川流不息的車站，飄進了機器隆隆的工廠，飄進了居民的樓房……

第二天，王虎在家休息，午飯時他擺了一桌豐盛的飯菜，準備好好陪娘吃頓飯，可剛和娘坐到桌旁，電話鈴突然響了起來。王虎離桌拾起話筒，電話是鄰居女主人打來的。

女主人問：「你家的樓頂是否養了一隻雞。」

他就說：「是！」

女主人說：「你家的雞夜裏唱得真動聽，動聽的讓人睡不著覺。」

大寶從對方掛機的聲音裏聞到了火藥味。不長時間，臨樓的一男子又打來了電話，語氣生硬地說，他家樓頂的雞，夜裏鳴叫影響家人睡覺休息，要他盡快想辦法解決。接下來又有幾個電話，全是衝著他家樓頂上的雞來的。

王大娘聽兒子接電話語氣，早知道是自己的雞惹了禍。她瞅著兒子一臉的無奈，心裏更是忐忑不安。於是她就想，樓頂的那隻蘆花大公雞是吃大山裏的草籽和五穀雜糧長大，根在大山，自己的根也在群山起伏的鄉下，他們都不屬於城市。

下午，大寶外出辦事回來，不見了娘，就跑到樓下找，還是沒有。他知道娘剛來城裏，不會走遠，就又跑到娘的房間找，卻發現娘從鄉下帶來的備用的衣服也不見了。他突然想到了樓頂的那隻雞，跑上樓頂，見連雞帶籠也都不見了。

大寶明白了娘去了哪裏，跑下樓開著車朝鄉下奔去。

光頭

秀英有一頭烏黑亮麗、柔順飄逸的長髮，女人見了既忌妒又羨慕，男人見了心裏就開始迷亂。

秀英的女兒考上大學後，每年都需要一大筆資金，用來支付學雜費和生活費。可秀英的丈夫在本村小學當校工，每個月的工資只有五百元錢，根本解決不了問題，秀英決定外出打工掙錢，供女兒上大學。

臨外出的前一天，秀英跑進理髮店，把自己那頭漂亮的長髮拉了直，染了色。等她走出理髮店時，活脫脫就像一個城裏人。

秀英外出打工不久，就給丈夫寄來了一封信。信上說，她已經在城裏一家大酒店找到了工作，每月要開六百元錢的工資。丈夫看了兩隻眼睛有些濕潤。從此，她每個月都給家裏寄錢，有時八百元，有時一千元。她的丈夫就納悶，怎麼每個月六百元錢的工資，能給家裏寄這麼多？

秀英外出不到一年，她的婆婆突然病故，丈夫給她打電話，讓她趕回來為母親守孝。等她坐車匆匆趕回來時，丈夫和不少人都發現她的頭上多了一頂帽子。在農村誰的家中老人去世了，晚輩們不管是男是女，也不管天冷天熱，頭上只能「頂白」，決不可以穿紅戴帽，秀英當然也不例外。可秀英摘掉帽子時，人們驚奇地發現，她原來已經變成了一個光頭。她的這一變化，不亞於在小村投下了一顆定時炸彈，把整個小山村炸開了鍋。

有的說，秀英在外邊肯定得了絕症，只有得了絕症的人，經過化療才掉光頭髮；還有的說，秀英在外邊肯定幹那個被公安局抓過，只有坐過牢的人才會剃光頭，再說不幹那個能來錢這麼快？

操持完了母親的喪事，丈夫把秀英叫到自己的面前問：「秀英，你跟我說實話，你的頭髮是為啥沒的。」

秀英說：「俺在城裏與一個導演簽了合同，利用下班的時間去當臨時演員，出場一次給俺兩百元錢。」

丈夫就又問：「那跟頭髮有什麼關？」

秀英說：「俺的頭髮是演一個尼姑是剃掉的。」

丈夫用迷惑的目光看著她，半信半疑。

秀英再次提出回城時，丈夫死活不讓。秀英知道丈夫心裏的「結」還沒有解開，最終依了丈夫。她自嘲地想，既然是頭髮惹的禍，就等頭髮長起來再說吧。可頭髮長的時候，她卻不能閒著沒事幹。

一天，她來到村玩具廠，找到王廠長說：「王廠長，我想在你這裏找點活幹，髒點累點都行，工資你看著給，只要開現的就行。」

王廠長微笑著說：「在我的廠裏做工很累，首先得有一個健康的身體，你看你的頭髮都掉沒了，你可不要掉以輕心喲，還是靜下心來治病吧。」

秀英辯道：「我沒有病，我的頭髮是有意剃掉的。」

王廠長就說：「還是頭髮長長後再說吧。」

秀英又找到村服裝廠的李廠長說：「李廠長，我想在你這裏找點活幹，髒點累點都行，工資你看著給，只要開現的就行。」

李廠長微笑著說：「我們服裝廠的工人，最講求團隊精神，個人的形象，就代表著團隊的形象，特別是有過前科的人我們是絕對不要的。」

秀英知道李廠長誤解了自己，就說：「我從來沒有犯過什麼錯誤。」

李廠長說：「我可沒說你犯過錯誤，不過還是等你的頭髮長了再說吧。」

秀英跑回家，把自己關在屋裏，也不再與外人接觸。她不明白自己為當一次臨時演員剃光了頭髮，會帶來這樣嚴重的後果。可有一天，兩個扛著攝像機的陌生人找上門來。

其中一人說：「我們是本市電視臺廣告部的，眼下正拍一部叫生髮靈的廣告片。」

秀英說：「你們走吧，我不買生髮靈。」

「不是讓你買生髮靈，而是想請你做廣告演員。」那人說，「我們急需一組女人使用生髮靈前，頭髮掉光了的鏡頭，正好你是光頭，就想請你出演。」

秀英怔怔地看著來人。

那人就說：「當然，我們不會讓你白演，片子拍完後，我們會給你一筆錢作為報酬。」

結果，秀英答應了他們的請求。廣告片拍完後，秀英得到了五萬元的酬金。

秀英光著頭拍廣告之事，又成了小村裏爆炸性新聞。一天，村玩具廠的王廠長找上門來對秀英說：「秀英，我想請你出任我們玩具廠銷售科科長，月薪一千元，你看咋樣？」

秀英微笑著搖了搖頭。

王廠長走後不久，村服裝廠的李廠長又找上門來說：「秀英，我想請你做我們服裝廠的形象代言人，月薪一千五百元。另外，你本人的服裝全有廠裏提供。」

秀英還是微笑著搖了搖頭。

半月後，秀英又到外地去打工了。她走後，村子裏卻有不少女人剃光了頭。

田大勸戒

下午，田大剛下班，鄰居家阿四的妻子王倩就流著淚找上門來。

王倩說：「田大哥，你快去勸勸阿四吧，讓他今後少喝點酒，他一喝多了就耍酒瘋，一耍酒瘋，不僅摔東西，還動手打人，他誰的話也不聽，就聽你的，你就去勸勸他吧。」

田大看著王倩被打得鼻青臉腫，覺得阿四確實是有些過分，就答應去勸勸他。

田大和阿四是從小一塊長大的，等兩個人都結了婚又是鄰居，平時互相走動，關係密切。兩個人稱兄道弟，更是無話不說。

田大來到阿四的家中，見暖水瓶的碎片撒了一地，一隻斷了一條腿的木椅橫躺在地板上，整個屋子被折騰得亂七八糟。阿四仰躺在床上呼呼大睡。田大就幫王倩收拾屋子，收拾完了就去推阿四。

阿四醒後見是田大，便笑著說：「田大哥你來了。」

田大裝作很生氣地說：「又到哪兒喝多了，你看看摔壞了東西不說，還把弟媳打成這樣。」

阿四說：「大哥，我沒喝多，上午和幾個朋友在外面湊了一個場，不過真的沒喝多。」說完就朝王倩喊：「你去炒幾個小菜，我和大哥喝兩盅。」

王倩雖極不情願，但礙著田大的面又不能不辦。

田大嘴上雖說不用，但心裏想，藉喝幾盅酒，好好勸勸阿四，說不定也能見效。

很快，王倩在桌子上擺好了四個小菜。阿四開了一瓶白酒，兩個人分主賓就座後，一邊喝酒一邊聊了起來。

田大說：「老弟，酒是好東西也是壞東西，少喝點能舒筋活血，解除疲勞，喝多了就會麻醉神經，失去理智，幹出許多不該做的蠢事。」

阿四的頭點得就像雞捉米般說：「大哥說得對，確實應該少喝點。」

田大又說：「你看你，每次喝多了酒，不是摔東西，就是往死裏打王倩，既破了財，又傷了夫妻間的感情，你說合算嗎？」

阿四說：「大哥你說的得對，今後我一定戒酒，誰要再喝了酒砸東西，打老婆是這個。」阿四說著，五指安在桌子上，做出了一個烏龜爬的樣子。

說著說著，兩個人一斤白酒瓶底兒朝了天。阿四就喊王倩再拿一瓶來。王倩見兩個人談得投機，又聽阿四保證今後不再喝了酒打她，心裏覺得踏實了許多，就又開了一瓶。阿四上午剛喝過，半斤白酒下肚，舌頭早不打彎。田大酒量小，這時眼裏也開始發毛。很快第二瓶酒又要見底，兩個人在不知不覺中開始說醉話。

不過田大說醉話也沒有忘了自己的勸戒任務，一個勁的點著阿三說：「你不能再喝酒了，真的，不能再喝酒了。」

阿四卻說：「我沒喝，我真的沒喝。」

王倩在一旁見兩人喝成這樣，也不敢多說什麼。

最後田大指著阿四說：「你喝醉了，還不快回家睡覺去。」

阿四真的站了起來晃晃悠悠的走出了屋門，田大也躺在了阿四的床上。

王倩起初以為兩個人酒後鬧著玩，可見阿四真的走了，田大也醉倒在自家床上，真有點哭笑不得。她怕丈夫酒後出事，就把田大鎖在屋裏，出去到處找阿四。

鄰居家、朋友家都找過了，就連河邊，井邊都找遍了，也沒找到阿四的身影。當王倩拖著疲憊的身子回到家時，卻見阿四像個乞丐一樣蹲在家門前。

王倩氣憤地問：「這黑燈瞎火的你去哪裏了？」

阿四說：「我回家睡覺，沒找到家，又回來了。」

清水流進菜園子

向東的家後有一片菜園子，裏面長有豆角、黃瓜、小蔥、白菜等。園子的一角有一眼清泉，清甜的泉水不斷流進菜畦子，把這些菜滋潤得青翠欲滴，鮮嫩無比。

向東在一個局單位上班，工作比較清閒。他下班回家後常常走進菜園子。他喜歡那眼清泉，也戀著那些水靈靈的青菜。每次來到園子裏，他都會蹲在泉邊，用那清甜的泉水洗一把手，然後看看菜地乾了就把泉水引進菜畦。看到那些鮮綠的菜棵子喝上泉水，他的心裏也感到無比清爽。有時，他會摘一縷豆角或摘幾隻黃瓜，帶回家改善生活。一次，他來到離菜園子不遠，卻看到一位七十多歲的老媽媽站在自家的黃瓜架前。老人站在菜園子裏有些扎眼——她的衣服雖說是好料子，卻已十分破舊，衣服的尺寸號碼也明顯大了許多，穿在身上被風一刮，鼓鼓囊囊，呼呼啦啦，與她的身材極不協調。相比之下，她滿頭的白髮卻梳理得整齊有致。這時，她兩隻深陷的眸子正四處張望，神色也有些慌張不安。不知為什麼，向東怕老人看到，迅速躲到了一棵大樹後。

躲在大樹後的向東，看到老人見四下無人，就慌忙鑽進黃瓜架，摘了兩隻黃瓜塞進了一隻隨身帶的布兜裏。她剛要離去，卻又停了下來。向東以為她又要去摘其他菜，不料她把菜兜放在地頭，來到清泉前彎下身子把泉水口的泥土扒開，讓清澈甘甜的泉水流進了自家的菜園子。向東這時才想到，自己是為澆菜園子才來的。可他沒想到老人家摘了架上的兩隻黃瓜，還沒忘了給乾旱的菜地澆水。等老人顫顫巍巍地走後，他站在清泉邊想了許多。他想，看老人家一臉慈祥，淳厚善良，絕對不是常常偷摸別人東西的人。她這樣做也許有她自己的苦衷。

向東再來菜園子時，不是摘幾隻黃瓜放在地頭，就是摘幾把豆角放在菜畦邊，他盼望著老人能來把這些菜拿走。而老人家也像跟向東約定好了似的，每每拿走這些菜，不是幫他給菜畦澆水，就是幫他拔除菜地裏的雜草。

老人家在向東的心裏成了一個謎。他想知道老人家住哪裏？家裏還有什麼人？更想知道老人的生活狀況如何？他甚至設想，老人不是孤單一人，就是養了一些不孝之子，否則她活得不會這麼落魄。

老人家已經十幾天沒來菜園子了，因為向東放在地頭的菜再沒有被人拿走。不知為什麼，向東的心裏有些失落，在局裏上班也有些安不下心來。週末他又來到了菜園子，他想在這裏等老人的出現。可這時他的手機響了起來，是局辦公室打來的，辦公室主任告訴他局長的老母親去世了。本來這種事很好處理——拿出幾百元錢，讓人捎去即可。可他在局裏幹了好多年，一直沒有得到重用，他想這次拿的喪禮重一些，自己親自去，以引起領導的注意，為自己的前程鋪一個臺階。

當他帶著兩千元錢來到局長母親的靈棚時，卻被靈棚前掛的遺像驚呆了，遺像上的人分明就是出現在自己菜園子裏的老人。他不敢相信自己的眼睛，怎麼也不能把菜園子裏的老人和局長的母親聯繫在一起，但他也不能不相信事實。在那一刻，他對逝去的老人是惋惜？是憐憫？是敬重？心情十分複雜。最後他對著老人的遺像深深地鞠了一躬。

在回來的路上，向東聽人說，老太太的兒子雖然當局長，但在家裏卻全是局長的夫人說了算，兩個人不但不孝敬老人，還常常虐待老人，現在老人死了，也算早一天得到了解脫。

向東沒有直接回家，而是鬼使神差地走進了菜園子。他站在清泉邊，讓透明的清泉水映出他茫然的臉色。他像那位老人一樣彎下身子把泉水口的泥土扒開，讓甘甜的泉水流進了菜畦子……

山上最大一棵樹

山半腰那棵兩摟多粗的老榆樹，是五鳳嶺上最大的一棵樹。

這天，馮老三站在老榆樹下，皺著眉，陰著臉，眼望著村住任鄭星帶一幫人把山坡上大片槐樹砍倒，一棵棵扛下山去，裝到一輛大汽車上運進城去。一群烏鴉被砍樹的人驚飛到老榆樹的枝椏上，恐慌滄涼地呱呱亂叫，讓馮老三聽了揪心。他不再忍心看到那些槐樹被砍倒後的場景，提起豎在老榆樹旁的獵槍走進了附近的石屋裏。

馮老三已在這五鳳嶺上守了二十多年的林子，無數個春夏秋冬，早已在他的臉上刻滿了深深的皺紋。他剛剛上山時，山坡上並沒有多少樹，每遇急風暴雨，整座山就像遭了劫。他憑著渾身使不完的力氣和一雙粗壯有力的大手，頂酷暑，冒嚴寒，披星戴月，把一棵棵小樹栽到山坡上。綠樹給大山帶來了勃勃生機，也成了他生命的一部分。可誰能想到後來他栽的槐樹才長到碗口粗，村主任就瞅上了它。

一天，鄭星來到馮老三的石屋，說村裏欠銀行幾十萬元的貸款早已到了還款期，銀行推要得緊，別又無來錢門路，只好砍掉這山上的槐樹。

馮老三沒等鄭星說完就搶過了話頭：「主任，這樹還年輕，正旺長，砍掉不可惜了嗎？」

村主任皺起眉頭不耐煩地說：「有什麼可惜的，我已到林業部門辦理了樹木採伐證，出了問題我兜著。」

馮老三還有什麼可說呢？好在買樹的人只收槐樹，使其他樹種免遭了一場厄運，也讓五鳳嶺上這棵飽經蒼桑的老榆樹留了下來。

一天中午，馮老三吃過午飯，坐在了石屋外一條光滑的石凳上。他懷抱心愛的獵搶，正用一塊棉布精心地擦著。不知為什麼，心裏卻覺得堵得慌，他的這種症狀是自村主任帶人砍了樹才出現的，他真想把獵槍裝滿沙子，然後衝飄著白雲的藍天放一槍，發洩出胸中的鬱悶。槍還沒擦完，村裏年輕的張木匠手持木尺爬上山來，對著老榆樹又是瞅又是量。

馮老三停止擦槍問：「張木匠想買這棵大樹？」

「哪裏是我想買，」張木匠說，「是村主任七十多歲的老母親病重，要用它給他母親準備棺材。」

馮老三頭嗡的一聲就像自己得了重病。

夕陽染紅了山坡，一群烏鴉又在老榆樹上呱呱叫，馮老三更覺晦氣，他沒有去詛咒那些烏鴉，而是很平靜地往獵槍裏裝著鐵沙。裝滿後他就慢慢走近了大樹，慢慢舉起了獵槍，槍口瞄準了樹身的下部，隨著一聲震天動地的炸響，樹上的烏鴉四處驚飛，獵槍也落在了地上。馮老三禁不住老淚縱橫，他湊到樹前，用那雙粗糙的大手輕輕拍了拍柏樹身，踉踉蹌蹌鑽進石屋一頭臥在了床上。馮老三病了，夜裏發高燒，昏迷中他好似聽到老榆樹在哭泣。

第二天一早，村主任鄭星就帶幾個人扛一條大鋸走近了老榆樹，大鋸橫在樹身上沒拉幾下，鋸牙就脫落了一半。有人又跑下山去另扛來一條鋸，同樣被大樹咬掉了牙。村主任不解，俯身去看，見樹上的鋸口裏有無數顆鐵砂嵌入，就自認倒楣，和來人扛著兩條被損毀了的大鋸悻然離去。

烏鳳嶺上最大的一棵樹，在連遭兩次傷害後仍然站立在山坡上。

被特長打敗

阿強大學畢業一走出校門，就踏上了求職之路，他除精心準備了一份求職簡歷外，還跑進商場買來一套名牌西裝，把自己重新打扮包裝。

阿強在大學裏學的是財經專業，他不僅對自己的這一專業充滿了信心，而對自己求職也充滿了信心。在大學裏他的學業在同學當中是出類拔萃的，另外他還有兩個不錯的特長——珠心算和硬筆書法。其實他有珠心算的特長，最早是受他爺爺的影響。他上小學時，爺爺是村裏的會計，他常見爺爺把一個珠子磨得油亮的算盤打得劈裏啪啦山響。而且不管是多大的數字，也不管是加減乘除，打出的數字準確無誤，就對爺爺十分崇拜，從此自己也迷上了算盤。爺爺從村會計的位子上退下來之後，他得到了爺爺的那個算盤，就像得了寶似的，他在算盤裏找到了自己另一方快樂的天地。他的這一特長愛好一直被他帶到了大學裏。

他的另一特長硬筆書法，是上大學後才有的。在大學裏課程相對輕鬆，學習之余阿強就比著字帖在紙上練字，練著練著還入了迷。畢業時，他參加了學校舉辦的硬筆書法大賽，居然拿了個一等獎。現在他就把那張獎狀，跟求職簡歷放在了一起，走到哪裏帶到哪裏，作為求職的「硬體」。

誰知，一段時間跑下來，阿強的求職熱情卻從高潮跌倒了低谷。現實比他想像的更加殘酷，他對自己的未來開始迷茫了。

這天，他在一張廣告小報上看到了環宇國際開發有限公司的招聘啟事。啟事上說，他們要招聘一名主管會計，月薪三千元。他知道這是一個很出名的中外合資企業，許多大學生都想擠進它的門。他按照招聘啟事上說的時間趕到時，廠門前已排滿了前來應聘的人，阿強排進隊伍裏。

負責面試的是一位文靜的中年婦女。當她接過阿強手中的求職簡歷後，認真看了好久，才把目光落到阿強的臉上，從面目流露出的神情可以看出，她對阿強的條件還是比較滿意。隨後，她就有關企業管理問題對阿強進行了提問，阿強對答如流。最後，她問阿強有什麼特長，阿強甚至連想都沒想脫口就說：「珠心算。」因為他知道，珠心算與會計的聯繫最為密切。中年婦女臉上仍無表情地說：「你回去聽我們的通知吧。」可當阿強剛走出門外後，女人卻盯著他的背影道：「都什麼年代了，還抱著珠心算不放，思想守舊。」

阿強自然沒有被環宇國際開發有限公司錄用，自然也不知道沒有被錄用的原因。沒過多久，他得知一家廣告公司要招聘兩名會計，他抱著試試看的態度前去應聘。在第一輪的筆試中，他脫穎而出，名列第二名。幾天後，他又去參加公司的面試。負責面試的是一個戴著眼鏡斯斯文文的年輕人，看上去比他大不了多少歲。「眼鏡」對他提問了幾個問題後，同樣問他有什麼特長。阿強思忖片刻小心翼翼地道：「我喜歡硬筆書法，不知這算不算是一個有益的特長？」說完，他把那張隨身帶著的硬筆書法大賽獎狀遞了上去。

「眼鏡」沒有接獎狀，而是用怪怪的眼光看著他問：「硬筆書法與會計有關嗎？」

阿強解釋道：「你不是問我有什麼特長嗎？」

「眼鏡」說：「可我們招的是會計，而不是書法家啊！」又說，「現在都實行無紙化辦公了，你還練什麼硬筆書法？好了，你可以走了。」

阿強沮喪地走出面試的房間，把獎狀撕得粉碎。

那人，那山，那狗

看到這座大山，她就像喝了一碗滾燙的胡椒湯，心裏火辣辣熱。山坡上的樹一片墨綠，她認定那是他生命的顏色。他叫石娃，住在山上那樸素的石屋裏，還有那條強悍的狗從不離開他。她跟石娃早已離婚，可心裏卻總也忘不掉他，那深埋在心底的情絲就像山巔飄動的白雲，絲絲縷縷，纏纏綿綿。要不她怎麼能被著自己的第二個合法丈夫，遠途跋涉來給他送鞋。

五年前，石娃就已是這座山的主人，那時她常來砍柴，石娃有空就幫她砍，於是兩顆心碰撞出了愛的火花，兩個人就結了婚。結婚後，白天石娃不讓她進林子幫著自己幹活，只盼她能給自己生個孩子將來替他守住這座山。她理解男人的心，就跑下山去買了些花布，偷偷做了一套小孩衣服，晚上坐在燈下，她拿出來叫石娃看，石娃驚喜地把她摟進懷裏。

日復一日，她的肚子沒有任何表示，她就像幹了對不起石娃的事。她想石娃一定怨她，就去看他的臉，那臉依舊坦然燦爛，心裏就更不安。

轉眼三年，那小孩衣裳仍放在箱子底，她曾幾次拿出來看著它流淚。白天石娃看著山上一些花發呆，她也去看，後來才知道那些花開過之後從不結果，她就知道石娃都想了些什麼。

一次石娃跟她說：「買條狗吧？」

「買條狗吧！」她也說。

石娃真的買了一條小黃狗，她很喜歡牠，餵起來格外精心。

日子過得賊快，狗也長得賊快。

白天，狗跟石娃在樹林裏轉，吃飯時兩人爭著把好吃得往牠嘴裏扔；晚上，黃狗趴在門前，警惕得巡視著四周，一有動靜就叫個不停。

一次石娃又帶黃狗進了樹林，吃午飯時還沒回來。她去找，見石娃坐在一棵大樹下抽悶煙，眸子裏流露出憂慮和痛苦。黃狗站在他身邊，粗壯的尾巴搖來搖去。她想，他一定是又在想孩子了。

她走到石娃身邊把早就憋在心裏的話說了出來：「石娃，明天你到縣醫院檢查一下，是你有病我不嫌棄，如果你沒病就是我身子的事，那樣咱們就離婚。」

石娃猛抬起頭，眼光閃電般亮了幾下。

第二天石娃從醫院回來，臉上愈加灰暗，黃狗迎上去搖尾巴，他難過地流淚，她見了更害怕。

「咱們離婚吧？」石娃跟她說。

「離了吧！」她想了好久才說。

「這條狗你帶走。」他說。

「不！還是留下吧。」她說。

她離開大山那天，一個人獨自站在山頭朝蔚藍的天空長長地歎了一口氣，才緩緩走下山去。

石娃去送她，黃狗也默默的跟在後面。要分手了，石娃說：「我跟你離婚不是因為你不能生娃。」

她用困惑的目光盯著他憂傷的臉龐。他從口袋裏掏出一張病歷遞到她的眼前。她接過看，可絕沒想到石娃已患上了肝癌，且已到了晚期，她感到大山開始旋轉，帶著她和石娃愈轉愈快。

後來她又嫁了人，是遙遠的山那邊。

她順那條游蛇般小路來到石屋前，那厚厚的木門已鎖上，周圍也沒有黃狗的影子。一砍柴老人見她，便朝一片樹林指了指。那裏有一堆新墳，旁邊趴著黃狗，她跑過去撲在墳上失聲痛哭。黃狗又用前爪去扒墳土，因已餓了幾天沒扒幾下就沉沉倒下，兩眼滲出了兩行渾濁的淚水。她把鞋端端正正放在墳前，想帶走黃狗，狗卻守在墳前不動。

次日，她又回到了山上，除給石娃帶來一些香紙，還給黃狗帶來了一些食物，可當她來到石娃的墳前時，見黃狗已死在墳旁，她知道牠離不開石娃，就在石娃的墳旁掘了一個墓坑，把黃狗埋在了裏面。然後把帶來的紙錢放在石娃的墳前，又拿出一些放在狗的墳前點燃。紙灰紛紛揚揚，飄於青山與藍天之間。

白蘭花

清明節的前一天，白樺專門從城裏回到鄉下為母親掃墓。

白樺的母親是五年前去世的，她的墳墓就堆在村北坡的一道山樑上，孤孤單單，冷冷清清，讓人看了不禁心生悲寒。

白樺沿著那條崎嶇蜿蜒的鄉間小道向母親的墳墓走去。來到墳前，他見墳頂又新放了一束白蘭花，心中便生出無限的感動。

已經是四年的時間了，他每一年清明節回家給母親掃墓，都會看到同樣的一束白蘭花，卻一直不見送花的人。這便成了他心中的一個謎團。

白樺的母親生前是一個性格十分內向的女人，她除了整日為全家人的生計奔波外，幾乎沒有多少朋友走動。那麼，是誰在她死後還一直為她送花？而且每次都送白蘭花。白樺斷定這個送花的人與母親有著非同尋常的關係。

眼前的白蘭花不僅讓白樺感動，還激起了他的好奇心。他決定這次晚幾天回城，找到送花的人。

接下來，他走訪了能數得過來的幾家親戚，可親戚們都說沒有送過花。為了找到線索，他開始重新清理母親的遺物。

白樺的父親死得早，母親為了供他上學，幾乎花盡了家中的積蓄，死後並沒有給白樺留下多少值錢的東西，唯一有紀念意義的是，母親留給他的一塊十分精緻的玉佩，上面是一棵高聳挺拔的白樺樹，樹下長有一朵美麗的白蘭花。他明白，這是母親專門為他定做的，希望他能向白樺樹一樣挺拔健壯。

母親還有一個不算大的雕花梳妝匣，一直鎖著，他也從沒打開過。一是他沒有鑰匙，二是他認為裏面無非是母親化妝的東西。現在他把鎖撬開，打開了匣蓋，想不到裏面還有厚厚一疊信，他知道這是母親的秘密，可為了找到那個送花的人，他猶豫再三，還是打開了所有的信封。他看了那些信才明白，那是母親的情書，一個叫林的男人寫給她的。

白樺經過幾番周折，在一個很偏遠的村子裏找到了林的家，可那裏已成了一個無人居住的院落。聽鄰居說，林幾年前就去世了。

次日，白樺從鄉下回到了城裏，可他的心卻有一半留在了鄉下。他以前認為自己很瞭解母親，現在覺得十分可笑。從母親留下來的情書看，母親是一個深藏不露的人。她的內心還不知裝有多少秘密，包括她墳頭那束美麗的白蘭花。

次年，白樺提前三天回到了鄉下。他要守在母親的墳前，親眼看到那個送花的人。

連續兩天，送花人都沒有出現。不知為什麼，他開始為送花人擔憂，唯恐那個送花的人遇到什麼不測。

清明節這天一大早，送花人終於出現了。白樺躲在不遠的地方，看到一個漂亮年輕的女人把一束美麗的白蘭花輕輕地放在了母親的墳頭上，然後靜靜地站在母親的墳前。

白樺來到了女人的身邊。

「感謝你每年清明節來給我母親送花。」白樺用誠摯的目光望著女人說。

「這也是我的母親。」女人對白樺的突然出現雖感驚訝，但回話的語氣卻顯得十分平靜。

「不會，也許是你弄錯了。」白樺說。

「沒錯，我是她的私生女。」女人說完，美麗明亮的眸子有些濕潤。

「難道你是林的女兒？」白樺想起了母親珍藏的情書。

「對，我是林的女兒。」女人很坦誠。

「那你為什麼不在我母親死前與她相認？」

「這件事是父親臨終前才告訴我的。」女人說，「我父親一直獨身。我很小的時候，就有人罵我是私生子，我就哭著回家問父親，父親卻說我是他從外地撿來的。等我長大了，我問父親為什麼一直獨身，父親卻含著淚說，他的心裏不能裝下兩個女人。」

女人停了一下，又說：「父親臨終前把我一個人叫到了他的病床前，告訴了我的身世真相。他說，他曾經和一個叫霞的女人愛得死去活來，他們還沒有結婚就生下了我。可霞的父母堅決不同意這門親事，後來霞就另嫁了他人。霞臨離開時，給我起了白蘭花這個名字，這也是我每年為什麼要送白蘭花的原因。」

女人像敘說一個古老的故事。

「後來呢？」白樺問。

「聽父親說，霞——也就是我的母親，後來偷偷去找過他，還專門給我送去了這塊玉佩。」女人說完，從胸前摸出了一塊玲瓏精緻的玉佩。

白樺接過，看到它和自己的玉佩一模一樣。上面同樣是一棵高聳挺拔的白樺樹，樹下也同樣有一朵美麗的白蘭花。這時他才明白，母親是讓他一生一世呵護好眼前這個姐姐。

女人不再說什麼，白樺也掏出了自己的玉佩。

姐弟二人在墳前相擁落淚。

傻啞

傻啞一落地就不會哭，家人以為她天生乖，又是女孩，就給她起了一個好聽的名子——芳芳。

芳芳滿月時，兩隻小眼瞪的又大又圓，好像把滿世界都收進眼裏，起勁的樣子，大人心裏就高興。可到了三歲時還用肉嘟嘟的小手抓屎吃，且把小嘴咂得津津有味，許多人認定她傻，就不再叫她芳芳，而喊她傻丫。

傻丫不只是傻，長到十歲還說不清一句囫圇話，人們又都喊她傻啞，好在傻丫跟傻啞同音，又不改口。

傻啞的頭髮黢黑，讓很多聰明的女人看了心裏嫉妒，只是發出的目光癡癡的極是散亂。

傻啞長到十四歲時，胸脯就鼓脹豐滿，一些毛頭小子賊亮的目光在她的胸脯前就有所作為。傻啞不覺那些目光可怕，常敞著上衣的兩顆扣子，露出膩白的酥胸。

傻啞還不滿十八歲，兩隻奶子就熟成了兩個發麵饃饃，蠻大蠻白，沒有半點傻氣兩個迷人的半圓常常裸露在衣外極是誘人。許多已到了不安份年齡的傢伙，看了就發毛，就迷亂，就撩撥不安。

熱天，傻啞常到小河邊，呆坐在樹下的石墩上。樹稀稀拉拉，陽光透下來灑在傻啞身上斑斑駁駁，她就懶懶地遠遠看男人在河裏洗澡，看到入神時，就半張開嘴，有粘粘的口涎流出。有人見了心裏犯疑，就憋不住問：「傻啞也懂那事。」

一次，傻啞又去河邊，坐在一塊光滑的石頭上往河裏傻望，一夥男人都扒光了衣裳，只穿了褲衩在河裏嬉戲。

「傻啞……」正往上身上捧水的毛毛發現後向夥伴們發出了訊號。可誰也沒去穿衣服，只是轉身朝她望。

「誰敢去跟傻啞親一下嘴？」是毛毛在問。

大家愕然，都從清澈的河水裏看到了自己迷茫的神色。

頃刻，無數束目光射向了毛毛。

「你敢？」有人向毛毛挑釁。

「打賭。」

「賭什麼？」

「事後只要你們不外傳。」

「一言為定，誰要外傳讓傻啞給他做老婆。」

毛毛依然只穿著褲衩走向傻啞。

傻啞坐的石塊極寬闊，毛毛走過去也坐在上面，見傻啞沒反應就把身子貼上把口唇貼到她的嘴上。

河裏一片譁然。

毛毛回到河裏，有人問：「什麼感覺？」

毛毛答：「傻啞的嘴冰涼。」

每個人心中的味道就很複雜。

毛毛有事瞞了大家，他跟傻啞親嘴時，一隻手偷偷的深入到了傻啞的胸前。他摸到了那對發麵饃饃似的東西，很緊，很有彈性，胸中便波瀾翻滾，心裏就罵娘，為傻啞抱不平。同時傻啞的眸子裏發出了一種異樣的光，一種會說話的漂亮女人眸子裏發出的那種光，毛毛看了就感到自己的行為極是猥褻——這事後來毛毛一直沒有勇氣說出來。

以後傻啞就像個幽靈跟在毛毛身後，有時弄得毛毛很是尷尬。可當毛毛把傻啞趕走時，心裏又感茫然失落。

傻啞的肚子忽然凸了起來，是她母親最先發現的，後來又告訴了她父親。她的父親氣得咬牙切齒，狠狠煽了她幾個耳光，把她關了起來，母親知道她既傻又啞，問不出個所以然，就只好等水到渠成，瓜熟蒂落。到了生的那一天，傻啞娘怕張揚出去丟臉壞名聲，不去找接生婆自己守著，誰知正是難產，小孩沒見天，傻啞兩腿一蹬喪了命。

傻啞死後便埋在了村南一片山坡上，墳堆圓得極小，像她的一生讓人覺的微不足道。

傻啞被埋的當天夜裏，毛毛失蹤了，人們四處尋找，最後有人尋到傻啞墳前發現墳墓已被掘開，墓棺也敞著，裏面除了躺著傻啞，還躺著毛毛，毛毛手握一隻藥瓶，墓坑內散發出濃烈的藥味。與傻啞蒼白且佈滿痛苦的臉相比，毛毛的臉卻極是安祥。

有人忽然道：「傻啞死前毛毛曾多次圍著她的房子轉，只是誰也沒料到他能跟傻啞去。」

雪歸

清晨，洪武爺拉開房門，一股寒氣直撲臉面。他凍得收縮了一下雙肩，看到院子裏的地面上已鋪了厚厚的白雪，這是山裏第一場雪。

空中還在飄著稠密的雪花，房屋後面的一棵大樹上，響起了老鴰「呱、呱、呱」的叫聲。洪武爺就想：「看來洪四爺是活不過這個雪天了。」隨後，他就踏出院落，朝洪四爺家走去。

洪四爺的家在村子的最東頭，獨門獨院，兩間草房又破又舊，院落被樹枝夾成的笆籬牆圍著。洪四爺年齡並不很大，還不到五十歲，人們之所以這樣稱呼他，是因為他的輩份大。洪四爺命苦——二十年前，他的妻子在一次車禍中喪生，給他撇下一個不滿周歲的兒子。為了不讓兒子受後娘的氣，他一直沒有再娶別的女人。他含辛茹苦地把兒子拉巴大，兒子才剛剛考上北京的一所大學，他自己卻得了不治之症。他已躺在床上十多天了，他知道自己活不過這個冬天，他在走前，最想的就是見阿永一面。阿永就是他在北京上大學的兒子，也是是他心中的太陽，他一生的希望。有人說：「給娃打個電話吧，讓他回來一趟。」洪四爺死活不依。

洪武爺行走在去洪四爺家的半道上。這是村子南邊的一條東西街道，路面早已被厚雪覆蓋，洪武爺每走幾步，身後都會留下幾個深深的腳印。他回頭看看那串孤獨的腳印，就會想起洪四爺的人生。洪四爺除了在北京上學的兒子外，再無至親。不知內情的人，以為洪四爺與洪武爺是親兄弟，其實他們早已在五服之外，連堂兄都不是。洪武爺和洪四爺走的近，是因為他們年齡相仿，性格相合。

路南是一座大山，洪武爺望著山坡上皚皚的白雪想，洪四爺若不是有病躺在床上，就是下再大的雪，他也絕不會在家裏貓著，早就套上他那件反羊皮襖，帶上細鐵絲，爬上山去套兔子了。

提起套兔子，那可是洪四爺的絕活。他在有雪的山坡上，憑著兔子模糊的爪跡，就會辨別出兔子來去的方向，藏身的地方，甚至什麼時間路過。然後就在兔子必經之道，安放好鐵絲套，這樣十拿九穩把兔子套牢。不過洪四爺套的兔子，從來不自己吃，也不送人，全都拿到集市上換成錢，攢起來給阿永作學費。

洪武爺來到洪四爺的院子裏，先是拾起豎在牆邊的一把掃帚，在雪地上掃出了一條路，然後才跺跺腳走進屋去。他見躺在床上的洪四爺臉色灰暗，喘氣也更加困難，就走上前去，給洪四爺掖了一下被子。

「下雪了？」洪四爺依然合著眼問，聲音小的讓人幾乎聽不見。

「下雪了，好大的雪，喜事呢。」洪武爺說完眸子裏卻噙滿了淚水，他不知道這場雪對洪四爺來說，是好事還是壞事。

「下雪好，下雪好，下了雪我就能到山上去套兔子，套的兔子多了，阿永的學費也就能湊夠了。」洪四爺像是自言自語，又像是在說給洪武爺聽，說完他的身子動了動。他想爬起來走出屋去，看看今年落下的這第一場大雪，可他辦不到，他就連抬起身子從窗口裏看看雪的力氣都沒有。

洪武爺走到桌子前，拾起暖水瓶晃了晃，是空的，就去屋角的火爐前升火燒水。

「給娃打個電話，讓娃請個假回來一趟吧？」洪武爺知道洪四爺的心思，他不僅戀著房外的雪，更戀著他的兒子阿永，如果在他生命的最後時刻見不到兒子，將是他最大的遺憾。

「別！別給娃打電話。」洪四爺聽了洪武爺的話，艱難地睜開眼說，「娃在北京，怎麼能隨意回來。」

「那就不打。」洪武爺無奈地說。

「把電話拔了吧。」洪四爺道。

洪武爺看一眼桌面上那紅色的話機，知道洪四爺在想些什麼，他是不想透過它讓阿永知道自己任何不幸的消息。

洪武爺拔掉了電話線，就像扯斷了洪四爺所有的牽掛。

「洪武，你說，我是不是不該給娃打那個電話？」洪四爺突然問。

「哪個電話？」洪武爺感到莫名其妙。

「三天了，我該不會記錯，是三天了，我給娃打了一個電話，我在電話裏告訴他，我就要出遠門了，讓他不要再給家裏打電話，也不要回家。」

洪武爺聽了洪四爺的話什麼都沒說。這時，火爐上的水已經燒開，他倒上一碗，端到洪四爺的床前，可洪四爺沒喝。

接下來洪四爺開始神志不清，洪武爺知道他就要不行了，坐在床邊，拉著他的手，想讓他安詳的離去。

可洪四爺突然眼睛閃亮，嘴裏喊到：「回來了——回來了，阿永回來了，你聽！是阿永踏雪的聲音。」洪武爺知道他這是「迴光返照」別看他嘴裏說話，實際上早已神智不清。

洪武爺伸手摸了一下洪四爺的前額，已有些發涼。就去找人給洪四爺料理喪事。當他走出房門時，見阿永滿身是雪站在院子裏。

「去吧，讓你爸看你最後一眼。」洪武爺說完走出了院子，身後傳來了撕心裂肺的哭聲。

第九十九隻綠螞蚱

阿芳哼著輕快的小曲，推開房屋後窗，深深吸了一口新鮮的空氣，回到床邊，坐在床沿上翻看著一本時尚雜誌。

其實，阿芳的心思全不在雜誌上，她是在等人，等一個她暗戀了多年的人。

那人叫阿強，昨天晚上才從部隊復員回家。阿芳早就知道阿強還沒有訂婚，莫非他的心裏也一直裝著自己，如果真的是那樣，他回家後就一定首先來看她。這樣想著，她的心裏就怦怦直跳，像阿強真的來到了門前。

等了很長時間，阿強並沒有來，她的心裏開始有些不安。她不再翻那本雜誌，眼神老往房門外飄。這時一隻綠螞蚱，從窗戶飛了進來，落在了她的肩上。她穿著一件粉紅色小褂，那隻綠螞蚱站在上面，就像天然生成，美輪美奐。她十分喜歡這個綠色的精靈。她把牠捉在手上，目光瞄向了窗戶。窗戶外是一片山坡，山坡上綠樹成蔭，草木蔥郁，自然少不了螞蚱。

阿芳用細細的荊條，編製了一個精密的籠子，然後把那隻綠螞蚱裝在裏面掛在了牆上。綠螞蚱竟然在籠子裏唱了起來，唱得阿芳心花怒放。她希望阿強也能聽到這美妙的聲音。

阿芳和阿強是從小學到中學的同學。上小學時，阿芳長得瘦瘦弱弱，每當有男同學欺負她，阿強都會勇敢的站出來，擋在她的面前。那時，阿強的家庭條件好些，就常帶些好吃的東西給阿芳。一次，他從家中給阿芳帶來了幾隻油炸綠螞蚱，阿芳高興地跳了起來，她說自己最喜歡綠螞蚱。在阿芳的眼裏，阿強不僅是她的大哥哥，還是她的保護神。到了中學，他倆不僅在同一所學校，還被老師安排成了同桌。這時的阿芳早已出脫的亭亭玉立。她高挑的個子，柳葉眉，瓜子臉，白淨的面皮，讓無數男生想入非非，神魂顛倒。阿強也更加英俊瀟灑。他黑頭髮，高鼻樑，眼睛就像會說話。愛情的種子開始在兩個人的心裏悄悄發芽，只是到高中畢業誰也沒有勇氣說破。高中畢業後，阿強自願參了軍。而阿芳卻沒有考上大學，回家幫著父母經營責任田。隨著時間的推移，她對阿強的思念，就像一壇陳年老酒，愈加濃烈。

第二天，阿芳不死心，依然推開後窗坐在床邊等著阿強。牆上的綠螞蚱又開始歡快地歌唱。她知道這種綠螞蚱愛吃南瓜花，就跑到屋後的山坡上摘來了一朵，輕輕續進螞蚱籠。當她再回到床邊時，她驚喜的發現又一隻綠螞蚱趴在她美麗的床單上。她條件反射地環顧著房屋內的各個角落，沒有發現什麼，眼光又落到了窗戶上。從此，她天天想著推開窗戶，很快她的牆上掛滿了長長一串綠螞蚱籠。

這天，阿芳站在房屋中央，仔細認真地數著那些螞蚱。一隻，兩隻，三隻，四隻，五隻……牆上已掛了九十八個螞蚱籠。螞蚱的唱聲此起彼伏，婉約動聽。可卻不能代替阿芳對阿強的思念。她幾次鼓足勇氣，想上門去找他，可她還是為自己找了無數條不能去的理由，最終沒有去成。在路上她也碰到過他，可她的心都快跳出嗓子眼了，話卻怎麼也說不出口。她無時無刻都在補捉著有關阿強的資訊。她聽人說，阿強在村子裏的一座山上承包了一片果園，幾乎天天吃住在山上。

窗戶刮進的涼風告訴阿芳，眼下已進入了金色的秋天。這是一個收穫的季節，她盼著自己心中那顆愛情的種子，也能結出甜蜜的果子。

這天，她在去摘南瓜花的路上，聽說阿強被山石砸傷了腿住進了醫院，一顆心立即懸了起來。她火急火燎趕到醫院時，看到阿強正躺在潔白的病床上，凝視著手上的一隻綠螞蚱。她似乎明白了什麼，卻恍然無語，只是把一隻手輕輕撫在他那條裹著紗布的腿上。

阿強沒有想到阿芳能來看他，看到她後心裏有說不出的高興和激動，他幾次想掙扎著坐起來，都被她輕輕按住。

正在給他掛吊瓶的護士說：「這個小夥子一進醫院手裏就攥著這隻綠螞蚱，一直不肯放棄牠。」

阿強卻說：「就是為了捕捉牠，我才摔下懸崖，被滾下懸崖的石頭砸傷的，我怎麼可以輕易放棄牠——我是為你而捉，現在就把牠送給你。」他說完深情地望著阿芳。

阿芳接過那隻綠螞蚱怦然心動，她說：「這是你送給我的第九十九隻綠螞蚱，我全收到了。」說完流著眼淚和他擁在一起。

河邊飄來一支歌

她已年老，身邊再沒有一個親人，於是她就感到孤獨。

於是她就更想那條河。

於是她就坐在了河邊上。

從早到晚，日復一日，回黃轉綠，她那兩隻乾枯成黑洞般的眼睛就這樣一直緊緊盯著平靜而溫柔的河面。

河水在訴說，訴說她深埋在胸中的心事。

晚上，緩緩的月光潑在河面上，河水在靜靜的流淌，月光在流淌。河水和月光相互交織，織成老年人感情的密網。

河邊，坐在月光裏的老人，似進入了一種朦朧的境界，又似沉浸在一種美妙的遐想。突然，小河的下游飄來一曲淒涼憂傷的歌聲，歌聲牽來一位穿潔白連衣裙的姑娘，姑娘來到老人身邊貼近老人坐下，像早就知道老人等在這裏，又像根本沒有發現老人的存在。於是，那年老的和那年輕的，那黯淡的和明亮的目光一齊緊緊盯著河面。

河水在訴說，訴說兩代人各自的心事。

老人不認識姑娘，更不知她為何坐在了自己身邊，心裏想：「也許她就是二十年前的自己，想在這潑滿月光的小河裏尋找到深愛自己而讓自己著魔的男人。」老人那混濁的目光移到了姑娘的臉上。那張臉蠟白，沒有一絲血色，且掛著兩滴閃亮的淚水。

老人愕然失措，不知為什麼，稍作平靜，她給姑娘講了一個故事：

那是二十多年前，在這座村子裏，一個最漂亮的姑娘愛上了一個英俊的小夥，兩人常常在月光嬌好的夜晚來這條河裏約會。終於，河水把他們的肉體溶在了一起。一次，姑娘懷著一顆惶惚不安的心，貼在男人的耳朵上說出了一個新奇的秘密。於是兩個人焦燥地等待著，終於在一天夜裏姑娘用自己穿過的碎花小棉襖，裹著一個幼小的生命，跑進了男人家裏，蹲在地上的男人，先是把頭深深埋在兩腿間，最後猛一跺腳，接過小花襖朝小河跑去。跑到河邊，他就把懷中的碎花小襖，連同那幼小的生命，狠心地拋進了河裏……

「嗵！」河裏的水面上激起了層層細浪，姑娘擲出的石頭砸斷了老人正在講述著的故事……

姑娘走了，留下的是那曲淒涼憂傷的歌在河面上迴旋縈繞。老人很想再見到姑娘，可那潔白的裙子再也沒有飄到他的身邊。有一天，一場狂風暴雨給這條小河帶來了一場罕見的洪水，兇猛的大水溢出河岸吞沒了老人……

老人奇蹟般地醒來時已躺在一張鋪著舒適溫馨的床上。她不知自己已是在小河的最下游，更不知住在誰的房子裏。透過明亮幾淨的玻璃窗，她看到了那條河，河水依然在平靜的流淌。

老人的心漸漸平靜下來，她用力支撐起身子，不經意間發現身邊放一白布包，她急忙打開去看，亮在眼前的竟是二十年前被拋進河裏的碎花小襖，襖裏裏有一張照片，是穿潔白裙子的姑娘。

老人一直守在這河邊的房子裏，她在等姑娘回來。她知道姑娘恨她，可姑娘的身上畢竟流淌著她的血液。

終於有一天，河面上又迴旋縈繞起了那曲淒涼憂傷的歌，老人激動地跑出了房子，姑娘真的回到了她的身邊，還有二十年前那個男人。那一刻，她幸福的眼淚滴在了河面上。

一個農民工的大年夜

臨近年關，跑進城裏淘金的民工，已開始捲起鋪蓋紛紛回家，與親人團聚。可韓大勇卻依然留在簡陋的工棚裏，遲遲沒有動身，因為他的工錢還分文未得。

大年三十，天上飄起了鵝毛大雪，韓大勇站在工棚前的雪地上，寒風襲透棉衣就像刀子一樣割著他的肌膚。年初，他隨著民工隊伍湧進了這座城市，很快又憑著自己健壯的體格被建築工頭選中，把他領到了眼前這座工地上。他肯出力，捨得吃苦，只盼有一天能拿到自己的血汗錢，誰料到頭來工頭卻分文不給。無奈，他一紙訴狀把工頭告上了法庭。

韓大勇勝訴，法庭判工頭限期支付拖欠韓大勇的工款一萬五千元。可自從判決後工頭再不讓見面，工錢還是沒有拿到手。口袋裏沒有錢，他寧願站在這雪地上凍死，也不願回家。因為他的家中有病倒在床七十歲的老母，等他帶著錢回家抓藥治病；有正在高中上學的女兒小玉，等他帶回錢支付學費；有他勤勞善良的妻子，等他帶回錢買來年的良種化肥。他不能空著手回家，不能讓他們失望，不能讓他們失去生活下去的信念。他用雙手拍掉落在身上的雪花，又朝法庭奔去，路上他想，法庭的王庭長可是一個好人，他為自己討工錢沒有少磨嘴少跑腿，也許只有他才能幫上忙。

來到法庭，王庭長也早已不在，整個院落裏只有一個抱著爐子烤火的看門老頭。韓大勇最後的一絲希望也破滅了，他感到從來沒有過的心灰意冷。可他沒有馬上離去，而是在一個角落裏找到了一塊紙牌，然後把自己的右手食指咬破，在紙牌上寫上了「拍賣判決書」五個大字，掛在了胸前。

雪依然在空中飄舞著，他站在法庭門前的雪地上，等了很長時間，卻沒有等到一個人來到他身邊。他望著茫茫蒼穹在想：「這雪花在空中舞累了還能落到地上，我為什麼就不能回家。」

雪花開始變得細微稠密，覆蓋了他的頭髮、雙肩，埋住了他的雙腳。遠處傳來了斷斷續續的鞭炮聲，更是勾起了他對家人的思念之情。直到天黑，他才拖著疲倦麻木的身子，回到了簡陋的工棚，而好像才意識到將在這寒冷的工棚裏，度過一個不尋常的大年夜。

他用從工地上撿來的廢棄木塊生起了一堆火，頓覺周身溫暖。他坐在火堆旁，懶的做任何事，只想母親，想妻子，想女兒。就在這時，妻子領著女兒小玉真的闖進門來，他以為自己是在作夢，使勁揉了揉眼睛——沒錯，是自己的親人。女兒撲進了他寬厚的懷抱裏，妻子卻站在一旁無聲地落淚。短暫的沉默過後，三個人都圍在了火堆旁。

「你和女兒都來了，俺娘咋辦？」韓大勇問。

「來之前，俺把她安置在二爺家了。」妻子說。

「俺娘的病好點了嗎？」韓大勇又問。

「吃了俺給她抓的藥好多了。」妻子說。

「小玉年終考試成績咋樣？」韓大勇看了看女兒問。

「全班第一，俺臉上也有光呢。」妻子也看著女兒說。

「就是俺沒用，幹了一年，一分錢也弄不到手。」韓大勇說完眼神裏流露出了無限的愧疚。

「孩他爹，只要身體好好的，錢咱可以慢慢掙……」妻子安慰道。

兩個人說話時，女兒小玉已默默地擦淨了以前民工用的一張破飯桌，並擺上了從家中帶來的幾樣年菜。韓大勇的妻子也開始往一口鐵鍋裏添水，準備點火煮從家中帶來的水餃。這時，工棚裏又闖進一個渾身落滿雪的人，是法庭的王庭長。

韓大勇見王庭長突然闖進來，手裏還提著兩瓶好酒，不解地問：「王庭長你這是……」

王庭長說：「我是給你送錢來的，怎麼，不歡迎？」說完，從口袋裏掏出了一大把票子，遞到韓大勇手上。又說：「這是你的血汗錢，早該追回來了。我知道你拿不到錢，不會回家過年——正好我值班也不能回家，咱哥倆就在這裏過大年夜，好好喝兩杯。」

韓大勇本來木訥，這時已激動地說不出一句話：妻子早就燒開了水，正往鍋裏下水餃；小玉也為他們燙熱了酒。

就這樣，一個農民工和一個法庭庭長不但坐在了一起，還共同舉起了酒杯，整個工棚裏再沒有一絲寒意。

打工奇遇

稠密的雨絲，把整座城市籠罩的迷茫蒙朧。鄭楠騎著一輛破舊的自行車在雨霧裏穿行。他的心情就像這濕漉漉的天氣一樣，充溢著惆悵和憂鬱。幾天前，他隨著「淘金」大軍，從遙遠的山村來到這座城市打工。他雖然很快在一家建築公司找到了工作，但一到夜晚卻沒有棲身之地。他聽說在城南居民區租房很便宜，就利用雨天工休的時間到城南去租房。

來到城南居民區，雨已經停了下來。鄭楠踩著泥濘在大街小巷轉。他見行人就問，見牆上的房屋出租廣告就看，最後終於找到了一出租房屋的主兒。房屋的主人是一位六十多歲的老婦人，她要出租的房屋是兩間「地屋」，說得準確點，就是房屋的窗戶以下都埋在地下。「地屋」內除了光線比較暗淡外，房牆、地板還算整潔。靠北牆放有一張木床，木床一頭安著一張吃飯的木桌。

鄭楠認為「地屋」的條件雖然不是很理想，可房主要的房租低，這是他最想達到的目的。他和房主討價還價，最後說定，每月房租五十元。可老婦人在交給他「地屋」的鑰匙時說：「這『地屋』裏曾經鬧過鬼，還因此死過人。」鄭楠聽了，短暫的猶豫過後，還是接過了那把鑰匙。

鄭楠把鋪蓋捲搬進「地屋」，每到夜晚也總算有了一個歸宿。他剛來到這座城市，對陌生的環境還不適應。夜晚躺在床上睡不著覺，他就想房主——老夫人的話，他雖然從來不信鬼邪，可也信老婦人不會無緣無故就說這「地屋」裏鬧過鬼。特別是老婦人說的這「地屋」裏還因鬧鬼死過人，這究竟是真還是假？老婦人是善意提醒，還是另有用意？這讓他即害怕又迷惑。他不得不重新審視這座有些神秘色彩的「地屋」。他發現除了屋內的空氣特別涼爽外，其他的地方並無特異之處，老婦人的話開始慢慢在他腦海裏淡忘。

一天夜裏，他躺在床上剛要迷迷糊糊的睡著，就突然聽到屋內響起「沙沙沙」的聲音，這種聲音就像從四面八方湧來，似無數條小蟲鑽進他的耳朵。他驚愕地睜大眼睛，拉亮電燈，屋內卻又靜的出奇，什麼也沒發現。他只認為是自己白天幹累了活，睡夢中發生的一種幻覺，可不料後來發生的事情卻讓他驚心動魄。

一天下午收工後，鄭楠一個在同城打工的老鄉來找他玩，還特意給他帶來了兩瓶雄黃酒。鄭楠見到老鄉後特別高興，晚飯時弄了幾個小菜，擺到小木桌上，然後打開一瓶老鄉帶來的雄黃酒，兩個人對飲起來。他們一邊飲酒，一邊敘說著各自生活的艱辛，說到動情之處，眼裏都有些濕潤。鄭楠的酒量小，第二瓶雄黃酒喝了還沒有一半，就有些醉意，一不小心把一碗酒打翻在桌面上，老鄉重新給他倒滿，兩人繼續對飲……

老鄉走後，鄭楠沒有脫衣服就醉倒在床上，直到深夜，才被口渴弄醒。他剛想起身去喝水，又聽到了那「沙沙沙」的響聲。電燈一直沒有關，他一抬頭看到地面、牆壁、屋頂棚，全都爬滿了蛇。他驚的一下從床上跳起來。這時，已有幾條長蛇順著床腿，爬上了床鋪，他赤腳把蛇踢下床去。可緊接著蛇又順著床腿爬上來，且愈來愈多。蛇，到處是蛇！就在有幾條蛇爬到他的腿上時，他看到只有床頭附近的小木桌上還沒有蛇，就不假思索地跳了上去。可他早已嚇的渾身抖作一團，哪裏還站的住，只好蹲下去，最終昏在了桌面上。奇怪的是，那些滿身花紋的長蛇，昂首游到桌邊時，就又迅速地退回去。

等鄭楠醒來時，已躺在了醫院的病床上，「地屋」的主人——老婦人也坐在他的身邊。醫生問他，在他昏迷之前究竟發生了什麼事情？他就把和老鄉在一起喝酒，以及「地屋」內鬧蛇的事全都說了出來。最後醫生告訴他，是雄黃酒救了他，只因為桌面上灑上了雄黃酒，那些蛇才不敢靠近，他才沒有受到侵害。

鄭楠出院後，一直沒有回到「地屋」，老婦人以為他害怕，不可能再來住了。可突然有一天，不僅他又住進了「地屋」，並且還領來了一名時髦女郎。女郎與他年齡相仿，他們常常早上出去，晚上回來，有時也會整天的蹲在「地屋」裏。

外人不知他們是什麼關係，也不知他們在「地屋」裏做了些什麼。老婦人以為他們是在談戀愛，就幾次藉故到「地屋」去打探，可看他們的舉止言行，又打消了自己的想法。她只知道女郎每次來時，都把一輛漂亮的客貨兩用車，停放在「地屋」附近的柏油路上。有時從車上卸下一些箱子搬進「地屋」，像要在這裏長期住下去。

其實，時髦女郎是鄭楠請來的捕蛇商。那天他出院後，本不想再回「地屋」，可走在大街上，他卻發現了貼在牆上一收購活蛇的廣告。他想，「地屋」裏那些可怕的蛇，沒有葬送掉他的性命，或許還能給他帶來福音。於是他就按照廣告上的地址，找到了時髦女郎，並把她請到了「地屋」。一個月後，他們把裝滿蛇的箱子，又搬上車拉走了。

這一次，他把在「地屋」裏誘捕的蛇全部賣出去，共得了二十多萬元，按他的話說，這叫因禍得福。他用這些錢買下了一家服裝店，自己也成了小老闆。

紅蝴蝶，黑蝴蝶

小鎮上有一條南北大街，也是小鎮上最繁華的一條街。街道兩旁店鋪林立，什麼金寶酒店、芸香茶館、香味米店，什麼雅蘭布店、麗詩服裝、明星影像，什麼紅豆傢俱、寶島眼鏡、美容美髮……應有盡有，名目繁多。各個店鋪門前的匾牌，更是讓人眼花繚亂。

在這條街上，最氣派的就是金寶酒店。酒店不僅鋪面大，而且店內裝飾豪華，佈設典雅有致。櫃檯上擺的都是上檔次的名酒，什麼汾酒、郎酒、西鳳酒，什麼杜康、茅臺、五糧液，什麼古井貢、稻花香、金獎白蘭地、杏花村竹葉青、奧德曼紅酒……你不親眼到櫃檯前看看，很難相信一小鎮酒店竟有如此名酒。可以這樣說，只要敢從腰包裏掏錢，就能什麼樣的酒也能買到。

酒店的老闆姓金，中等身材，年約五十開外，寸髮頭，眼睛不大卻炯炯有神，耳大面方，一臉福相。他的經營之道就是「誠信」二字。他平時進貨把關很嚴，決不讓假酒上櫃檯。賣出價格合理，童叟無欺。為此，他不僅買賣搞得紅紅火火，人緣也不錯。可天有不測風雲，人有旦夕禍福。不料這天夜裏，金老闆赤身裸體死在了酒店的臥室裏。

第二天一早，有人報了案，公安人員迅速趕到現場，見金老闆的胸部被刺了三刀，現場有搏鬥的痕跡，店裏的現金被洗竊一空。很顯然是罪犯在偷竊時，被金老闆發現，然後殺人滅口。公安人員經過仔細勘探，還發現現場留有兩隻新啟蓋的空酒瓶。透過屍檢，死者的胃部沒有酒精液體殘留。當天夜裏也沒有第三個人進入酒店。據此推斷，兩隻酒瓶裏的酒是盜賊所飲，且盜賊的酒量很大，是個十足的酒鬼。他們還在金老闆臥室裏的牆壁上，發現了一隻紙疊的黑蝴蝶。這一新的發現，讓公安人員的心頭一震。他們早就聽說，十幾年前就有一個叫黑蝴蝶的江洋大盜，在此地到處作案，而是每次作案後，都是在現場留下一隻紙做的黑蝴蝶，給社會造成了極大地危害，可一直沒有破案。

金老闆死後，金寶酒店就關了門。十幾天了，金老闆的案子一直也沒破。整個小鎮的上空，都籠罩上了一層陰雲，關於黑蝴蝶的種種傳說在小鎮上迅速蔓延。這條繁華街道上的人，更是人心惶惶，有的天不黑就關閉店門。

兩個月後，一個叫紅蝴蝶的神秘女子，在原金寶酒店附近租了一個門面，也開了一個酒店。這個女子柳葉眉，瓜子臉，肌膚細膩，長髮飄逸，穿一身紅衣，只是眸子裏流露出許多怨恨和煞氣。說她神秘，是指沒人知道她從哪裏來，也沒人知道她的身世。再就是她的名字裏也帶個蝴蝶，人們總是把她和黑蝴蝶聯繫在一起，覺得他們之間有什麼牽連或瓜葛。

紅蝴蝶酒店裏的櫃檯上，擺的全是奧德曼紅酒，開張的頭一天就贏得了開門紅。後來她的櫃檯上又多了兩瓶名叫「透瓶香」的酒，不過這兩瓶酒她只擺在那裏，從不賣出，有的人就覺得奇怪。

這天夜裏，紅蝴蝶酒店也遭遇了盜賊。第二天一早，紅蝴蝶在清點財物時發現，盜賊除盜走少量現金外，還帶走了十瓶奧德曼紅酒，喝光了櫃檯上擺放的兩瓶「透瓶香」，空酒瓶就胡亂撂在櫃檯前的地板上。紅蝴蝶冷笑一聲，目光繼續在店內搜索。當她看到牆壁上那隻紙疊的黑蝴蝶後，心中猛地一震，眼睛也為之一亮。她像突然想起了什麼，把目光集中到了地板上。果然，她在地板上發現了淡淡的紅腳印。紅蝴蝶沿著紅腳印跟著尋過去，翻過店後窗，拐過幾條小巷，越過一大片田地，一直追到鎮東三里路以外的一個山角下。才發現紅腳印在一座不起眼的墳墓前消失了。她掀開附近一塊大石，透過墳洞隱約看到一個人躺在墓坑裏，像還沒有醒酒的樣子，立刻掏出手機向公安局報了案。公安局的人趕到現場，挖開墳墓，給盜賊戴上了手銬，盜賊還沒有醒過酒來，在他的身邊還有十瓶奧德曼紅酒。

那盜賊留下的紅腳印又是怎麼一回事？這還得從紅蝴蝶的身世說起。

原來紅蝴蝶是南方人，她的真實姓名叫劉芳。三年前，他和父親在家鄉開了一個酒店，賣的酒全是自家釀製的酒，生意十分紅火。不料一天夜裏酒店被盜，父親也被盜賊殘忍地殺害。盜賊走後，除了留下兩個空酒瓶和一隻紙疊的黑蝴蝶外，沒有任何線索，公安局也一直破不了案。自此劉芳就發誓找到黑蝴蝶，給父親報仇，可黑蝴蝶就像從地球上蒸發了般，杳無音信。

三個月前，劉芳在家裏的電視上看到一條新聞，知道了遙遠的小鎮上金寶酒店被盜的全部過程。她決心找到黑蝴蝶，於是通過精心研製，終於釀造出了自己理想的「透瓶香」，並帶上兩瓶千里迢迢來到小鎮上，開設了紅蝴蝶酒館，等黑蝴蝶自己上鉤。因為她喜歡穿紅衣服，所以在來之前，她改名紅蝴蝶，以免暴露真實身分。

她釀製的「透瓶香」，人喝多了當時不醉，三個小時以後才爛醉如泥。醉前酒液能迅速從體內排除，像流淌的汗水，不過那汗水是紅色的，並散發出一種醉人的香氣。紅蝴蝶知道黑蝴蝶是酒鬼，也知道他見了「透瓶香」不會不喝，只要他一喝，必定喝多，她就會跟著紅腳印找到他。

開鍋蓋冒熱氣蒸上十二人景。

局長請我吃飯

這天下午，我走在下班回家的路上，局長那賊亮的轎車突然在我的身邊戛然而止。接著局長那肥碩的腦袋，從車窗裏伸出來問我：「黃，下班回家有事嗎？」

我想，或許局長單獨要我加班，要不就是有重要工作安排。於是我說：「局長，沒事，有什麼指示你就說吧。」

局長笑了笑說：「我請你吃飯，上車，我們去翡翠大酒店。」

局長請我吃飯，這可真是太陽從西邊出來了。要知道平時局長見了我，可是連眼皮也懶得翻一翻。我忐忑不安地鑽進了局長的車，局長很慷慨地給了我一個微笑。

坐在局長的車上，我又在想：「平日裏局長不管外出幹啥，辦公室的劉主任總是緊跟其後，這次怎麼就約了我一個人，局長該不會給我擺的是鴻門宴吧。」

來到翡翠大酒店，迎賓小姐把我和局長領進了一座雅間。局長落座後接過小姐手裏的菜單，嘴皮子上下翻動，報出了一大串菜名，然後端起了桌上精緻的茶杯。

局長喝茶的姿勢很優雅，讓我看了十分羡慕。我也端起杯來喝茶，竟嗆出了兩眼淚水，局長看了就笑，我就更尷尬。

菜上了滿滿一桌，酒也斟滿了杯。

局長邊夾著菜邊問我：「參加工作多長時間了？」

我說七年了，想了想不對，就又說八年了。

局長說：「你最近工作表現不錯，好好幹。」又說：「辦公室副主任調走後，位子一直空缺，領導正在考察補缺人選。」

我不知道局長為什麼跟我說這些話，但我肯定這是一種暗示。不過這種暗示，仍然讓我摸不著頭腦。說實話，苦熬了八年，我何嘗不想撈個一官半職，可卻一直沒有機會。現在局長的暗示，不僅讓我想入非非，還讓我心潮澎湃。我端起酒要敬局長一杯，局長爽快地喝了下去。

這時，局長又問：「你的妻子是當教師的吧？」

我說：「是。」

局長問：「在哪所學校教課？」

我說：「在城東中學高中一年級二班任班主任。」

局長說：「巧了，我的兒子小寶就在你妻子的班裏讀書。」

我說：「我回家告訴我妻子，一定好好照顧小寶。」

局長說：「也沒什麼，就是我那兒子上進心特強，一心想當班長，其實給孩子肩上壓一副擔子，讓他鍛煉鍛煉，並不是一件什麼壞事，你說呢？」

局長說完望著我，這時我才終於明白了局長請我吃飯的真正目的。

酒足飯飽後，局長破例用車把我送到家門口。回家見妻子還沒吃飯，她一直在等著我，桌子上的飯菜都涼了。

我跟她說：「你快吃吧，我在外邊吃過了，是局長請我吃的飯。」

妻子拾起一塊饅頭邊吃邊說：「局長憑什麼請你吃飯？」

我說：「局長有一個兒子在你的班裏讀書，局長想讓他兒子當班長。」

妻子皺了下眉頭說：「這當班長就不是我說了算，得全班同學民主選舉。」

我說：「你不會想想辦法嗎？吃飯的時候，局長可暗示過我，如果你讓他兒子當了班長，他就會讓我做辦公室副主任。」

妻子只顧吃飯，就像沒有聽見我的話。

我真的急了，可又不能跟妻子動粗，就耐下心來做妻子的思想工作，讓她明白，我在單位上幹了八年，也沒有誰想起提拔過我，這次可是千載難逢的機會。再說，我當了官，她的臉上也光。

最後妻子問：「局長的兒子叫什麼名字？」

我說：「叫小寶。」

妻子的臉色就更難看。

自從局長請我吃了飯，妻子每天從學校回家，我都追著問那事辦得怎麼樣了？

妻子就灰著臉說：「那小寶學習稀鬆，搗蛋成精，怎麼能當得了班長。」

我就引導她說：「人的變化是需要一個過程的，叫他當了班長，給他點自信，給他點壓力，說不定他就能變成了品學兼優的好學生呢。再說了，你要不讓他當班長，我怎麼能當上辦公室副主任？」

在我的死纏爛磨下，妻子終於鬆了口。

這天妻子回家告訴我，說事情辦妥了。

我問：「小寶當上班長了？」

妻子說：「我在班裏公佈了，讓他當班長助理。」

我一聽，雖覺得這事辦得不是很理想，但事已至此，也只好這樣。沒有多長時間，我被調進了辦公室，但沒有當成辦公室副主任。

局長在大會上公佈，我調進辦公室後，享受第三辦公室副主任的待遇。

吃請

在機關工作，人的等級觀念特別明顯，誰都會把圈子內的人分成三六九等。假如你的頭上有頂烏紗帽，不說天天有人送你貴重禮品，可經常有人請你喝酒卻是很正常的事。否則，你連被人請吃的機會也很是難得。

我曾被人請過，這並不是我的頭上有頂烏紗帽，在單位當個一官半職。是因為我會寫點東西，除在報紙雜誌上發些小稿外，還經常幫人家寫個總結、講演稿什麼的。給人家寫東西也算一種腦力勞動吧，事後人家請一次也算是一種回報。不過有幾次被人請卻是十分的尷尬和無奈。

一次，我給鄉農技站寫了一份材料，有七千餘字，耗費了我整整四五晚上的時間。材料寫完後，李站長看了比較滿意，一高興就說請我喝酒。我覺得受之無愧，也就沒有真心推辭。

可能李站長覺得就請我一個人不夠熱鬧，就從腰間掏出手機，嘀嘀嘀嘀摁了一組號碼說：「是趙副書記？今天上午有時間嗎？我請你吃飯。對！在甜蜜蜜飯店。」

我知道趙副書記是直接分管李站長的領導。

李站長又嘀嘀嘀嘀摁了一組號碼說：「王副鄉長，今天上午你有時間嗎？我請你吃飯。對！在甜蜜蜜飯店，現在就去……」

李站長還接通了幾個站所長，同樣約好到甜蜜蜜飯店吃飯。

上午十一點多鐘李站長領我來到甜蜜蜜飯店，隨後趙副書記、王副鄉長，還有幾個站所長也先後趕到。大家開始入座，座次肯定是有講究的，趙副書記的官銜最大，理所當然要坐上席，依次排下來的是王副書記，某某所長，某某站長，李站長請客坐主陪，我很知趣的坐在最下席。

在鄉鎮飯店喝酒不同於在城裏豪華酒店喝酒。在城裏喝酒，漂亮的女服務員會站在身邊斟酒倒茶，還得面帶微笑。而在鄉鎮飯店喝酒，只要酒菜一上桌，全勞自己動手。眼下我們就處於自己動手的狀態，酒瓶豎在桌上，可誰也不拾起來去往杯裏斟。

我心裏明白，這活兒是「小輩人」幹，整個桌上就我頭上沒「帽」，這斟酒的活兒自然得由我幹。於是，我開始按座次的高低給每人斟酒。

輪到給李站長斟酒時，李站長只是說：「看看，是我請你的，還得讓你倒酒。」

我急忙說：「一樣，一樣。」

我剛隨著大家喝完一杯酒，首席的趙副書記就說：「黃，你去跟服務員要些紙巾吧。」

領導的話誰敢不聽？我立馬離坐去取紙巾，回來分發完紙巾，見每個人眼前的酒杯還空著，就又自覺斟酒。

幾杯酒下肚，酒精起了作用，每個人都紅光滿面，興奮異常，話也多了起來。做下屬的挖空心思，搜腸刮肚，說一些討領導高興的話。做領導的也放下了架子，開始說一些平易近人的話。人們東扯西扯，竟扯到了下級與上級握手，男同志與女同志握手有何講究這一話題。

趙副書記還借著酒興說了一段有關握手的順口溜：「握著同志的手，酸甜苦辣全都有；握著女友的手，千言萬語難開口；握著同學的手，後悔當初沒出手；握著老婆的手，什麼感覺也沒有。」

說完了，大家都喊：「好！」

扯完了握手，大家又扯請客，扯送禮，紛紛抨擊社會上的不正之風。王副鄉長也來了一段仿〈紅高粱〉的順口溜：「花高價，買名酒，名酒送人趕火候。喝了咱的酒，不想點頭也點頭；喝了咱的酒，不想舉手也舉手；喝了咱的酒，黨紀國法一邊丟。一四七，三六九，九九歸一跟黨走，好酒，好酒，好酒。」

說完大家又都喊：「好！」

酒桌上歡聲笑語，酒菜飄香。相比之下，我到顯得有些多餘，說話插不上口，只有斟酒倒茶的份。我一邊手腳不停地忙著，一邊在想：「我是專門被人請來的，應該坐在上席由別人伺候，現在倒好成了我伺候別人。」

幾次我想坐著不動，不去給人斟酒倒茶，可我都沒能做到，因為官場裏的某些潛規則早已滲透到我的腦細胞。我是一個貨真價實的俗人，很難衝破世俗的束縛，心裏也只是怨恨命運對自己不公……

就在我胡思亂想的時候，房間裏又進來一個人，是建築公司的吳經理，說來找王付鄉長有點事。大家就都站起來讓座，要吳經理一起喝酒。

我見席間已無空座，就主動讓出了自己的位子。吳經理也不說啥，一腚坐到了我的位置上。

就在我進退兩難時，趙副書記望著我說：「黃，吳經理來了，你再去廚房加倆菜。」

我跑進廚房跟廚師說加倆菜後，並沒有馬上離開，因為我知道酒桌上早已沒了我的位置。廚師很快炒出了一道菜，看我站在那裏，就讓我給桌上端去，我當然不會說不。給酒桌上送去了一盤菜，又送去了一盤菜。

菜送完了，我仍待在廚房。這時就聽有人說：「當官的喝酒就是不一樣，連服務員都隨身帶著。」

我聽了有些哭笑不得。

睡眠機，鼓掌機

趙雲男剛打完電話，辦公室裏就闖進一個手提旅行包的時髦女孩。他一看就知曉，這女孩不是搞保險，就是推銷某種產品。說實話，趙雲男這個辦公室主任，總有幹不完的大大小小的事，天天忙的焦頭爛額，現在一看到這女孩心裏就透著煩。可女孩卻不看他的臉色，湊到他的面前說：「我帶來的產品保證讓你滿意。」說話時一臉的神秘。

趙雲男對女孩的神秘舉止產生了好奇，他心裏雖然很想盡快知道女孩推銷的何種產品，但口中還是調侃道：「你還能有什麼好產品，無非就是保健茶、壯陽藥、之類，再不就是化裝品、保暖內衣。」

女孩佯裝生氣地說：「大哥，看你這樣有品味的男人，又是國家幹部，怎麼盡想一些庸俗無聊的東西呢？」

趙雲男就問：「那還能是什麼好東西？」

「睡眠機，沒聽說過吧！」女孩一邊拉開旅行包的鎖鏈，掏出一個火柴盒般大的東西，一邊說：「這可是我們公司最近研製出的高科技產品，它能有效地調節人體多種機能，最明顯的就是能調節人的睡眠狀態。」

趙雲男插話道：「這不還是保健產品嗎？」

「不純是保健產品，它最大的特點是用於工作。」女孩繼續說，「它能讓你在睡眠的情況下，不打鼾，不合眼，身體保持坐立或直立狀態。舉一個例子說吧，上午你陪領導喝多了酒，下午還得參加某個重要會議，領導在臺上講話，你在臺下坐著聽，可喝進肚裏的酒和你搗蛋，讓你雙眼皮下墜，睡意頓生，身子也不由自主地往桌上趴，但你還怕領導發現，惹領導不滿。這時你若把我們公司新研製的睡眠機裝在上衣口袋，貼近胸部，輕輕按動『1』鍵，問題就解決了，你雖進入了甜蜜的夢鄉，可在眾人的眼裏，你是正襟危坐，認真聽講。」

趙雲男開始被女孩的話所吸引。他認為，若真如女孩所說，那真的該買一件，自己天天泡會場，泡酒場，要沒有這樣一個玩藝兒調劑一下，還不知要鬧出什麼大事。於是就問：「這種產品多少錢一件？」

女孩道：「不貴，試銷優惠，一千五百元錢一件。」

趙雲男驚道：「這麼貴！」

女孩說：「還嫌貴？你們吃飯前開一瓶酒還要上千元，這可是正二八經的高科技產品。」又說：「剛才我只是說了它在工作方面的用途，你若晚上回家，因工作勞累，操心過大而失眠，可把睡眠機放在枕頭下，輕輕按動『2』字鍵，你會很快入眠，不想睡也得睡。再說了，這產品可終身使用，三年內出現品質問題保修保換。」

趙雲男早就對女孩的話深信不疑。他慷慨解囊，掏出十五張大團結買了一件。掏錢時他就想：「就是買一件假貨也不怕，反正得想辦法開張發票公款報銷。」可隨後他又想起一個問題，說：「如果領導在臺上講話，我坐在下面睡覺，鼓掌時咋辦？」

女孩笑顏逐開地說：「這個問題我們早就替領導您想好了。為了有效地解決睡眠期間無法鼓掌這一問題，我們公司生產了配套產品鼓掌機。」

她從旅行包中掏出一個香煙盒大的東西說：「這種鼓掌機與市場上同類產品相比，不僅科技含量高，品質好，還具有多種特殊功能。開會時只要把它放在口袋裏，它就能根據講話人講話時的情緒、節奏、聲音分貝大小，適時爆發出熱烈的掌聲。而且同時它能通過人的神經系統，支配其雙手配合鼓掌機裏發出的掌聲有節奏地擊掌。」

這真是太神奇了，趙雲男沒有理由不再買一部鼓掌機，他又掏出了五百元遞到女孩手上。

在今後的日子裏，趙雲男不管是參加大會還是小會，也不管是酒後開會還是酒前開會，他都隨身帶著睡眠機和鼓掌機，並且屢試屢爽。更重要的是，他在會議上的認真態度和嚴肅行為直接影響了其他人。從此，會場上再沒有人交頭接耳，竊竊私語，抱頭大睡，鼾聲如雷的現象。為此，他也多次受到領導的表揚。

在一次開會時，由於會前沒有喝酒，他的頭腦十分清醒，也沒有一絲的睡意，他就決定不再使用睡眠機和鼓掌機。他打起精神，坐直腰板，目視著領導講話，做出了一副認真聽講的樣子。但他很快發現，整個會場出奇的安靜，人人都像自己一樣認真嚴肅。就連做在身邊的吳雄也是如此。吳雄以前在會場上可是以搞惡作劇聞名，現在變得如此老實，讓他有些不敢相信。

「喂！太陽從西邊出來了？」趙雲男扒在無雄的耳旁諷刺道。

可吳雄一點反應也沒有，他像意識到了什麼，伸手往吳雄的口袋裏一摸，摸到了一個火柴盒般大的東西，無疑是睡眠機。

這時領導的講話到了高潮，會場上響起了熱烈的掌聲，吳雄的掌聲在他的耳畔響的更為嘹亮。他什麼都明白了，他環顧會場四周，去看每個人的神態和表情，覺得他們像沒有靈魂，沒有思想的軀殼，這讓人十分可怕。趙雲男假借小便走出了會場，院子裏有一眼深不見底的水井，他把口袋裏的睡眠機和鼓掌機掏出來，拋進了井裏，頓時像找回了自己的靈魂，找回了自己的思想。他再朝會場走去時，覺得身上無比輕鬆。

丈量玉米地

炎熱的六月天，鑽進玉米棵子裏丈量玉米地，真不是一個什麼好活兒。可這是鄉長安排的工作，誰敢不聽話。

參加丈量玉米地的共四人，小周、小鄭、小楊、老李，三男一女，帶隊的自然是管區主任老李。要丈量玉米地的村叫楊家峪，全村一百多戶人家，羊拉屎般撒在山坡上。這個村共有糧田面積二百六十畝，所謂的糧田面積，除了玉米當然還包括花生、高粱、穀子什麼的。可他們僅玉米種植面積就上報了三百畝，這回你看出貓膩了吧，也知道鄉長為什麼派工作隊重新丈量了吧。

丈量之前，老李把隊員組織起來，做了必要的籌備工作，買來了皮尺、計算器、本子、碳素筆。還進行了簡單的分工——小楊、小鄭扯皮尺，小周記錄。

臨散時年輕漂亮的女隊員小周嬌聲道：「李主任，我們丈量玉米地免不了翻山過嶺，可都穿著涼鞋怎麼能行。」說完還把穿著時尚涼鞋的一隻腳往前伸了伸。

李主任明白小周的意思，就看看大家說：「好！為了讓大家的腳不受皮肉之苦，給每人發雙皮鞋。」

大家嘴裏喊著好，兩手使勁地鼓掌。

隨後男隊員小鄭說：「天氣炎熱，大家在坡裏會口渴，每人得備隻水壺。」

小楊提出，天熱就流汗多，也得買一條好一點的毛巾。

李主任都一一答應。

次日上午九點多鐘，工作隊一行四人乘坐專車來到了楊家峪村。他們先是在村辦公室找到了年近半百的村書記老方，李主任握著老方的手看看太陽說：「我的好書記啊！這麼熱的天，弟兄們給你丈量玉米地，晌午你拿什麼犒勞弟兄們？」

方書記爽快地道：「不會虧待弟兄們，晌午吃大鍋全羊，給弟兄們好好補補。」

話落從院落一角傳來了羊的哀鳴，已有人把刀子捅進了羊身上。大家見了，都有說不出的興奮。

李主任看看手腕上的錶說：「快十一點了，走！上坡量地去。」

楊家峪的玉米地大都在山坡上，他們首先丈量的是東坡。小楊和小鄭扯皮尺，小周做記錄，李主任監督。

來到一塊玉米地前，小鄭說：「這是什麼爛地，既不方也不圓，怎麼丈量？」

李主任說：「這塊地按三角形量，左邊凸出的補到右邊凹進去的地方，差不多就行。」

丈量完小鄭報數：「底邊長三十五米，高二十米。」

小周邊記邊說：「三角形的畝數是怎麼計算來？我怎麼忘了。」

李主任笑笑說：「光記得心上人啦！底×高÷2×0.0015。」

小周就把計算器摁的滴滴響。

太陽狠毒地曬在身上，山坡上有一人多高密密的玉米棵子擋著，一絲風也不透。每個人的臉上都冒著汗，汗水把衣服貼在身上，讓人煩躁不安，甚至連話都懶得說。這時，從山坡上傳來了淒涼憂傷的歌聲：

三月十五雨紛紛，寡婦紮顛去上墳。
白綾子褲，白綾子褂，白褲腿，白帶子，
白鞋釘上的白頁根，手上的白戒指。
行走來到瀋陽店，再走幾步杏花林，見了俺丈夫的墳。
丈夫的墳，是好墳，轉旮旯松樹遮烏雲……

尋著歌聲望去，他們看到了一個放羊的老人。老人光著頭，背有點駝，手裏提著鞭子，深陷的兩眼不是盯著羊群，而是盯著天上移動的幾朵白雲。

小周說：「這老頭，也不嫌天熱，還有興趣唱歌。」

小鄭說：「不知為什麼？聽了他唱的歌，我想哭。」

李主任說：「不來丈量玉米地，我們聽不到這樣的歌聲。這老人，這歌聲，都屬於大山，他們與大山融為一體，也許我們不會理解。」

他們說完繼續丈量玉米地。

第二天他們丈量的是西坡的玉米地，天氣依然十分炎熱。

小鄭扯著皮尺嘴裏罵道：「村裏這些熊幹部，太不負責任了。他們虛報了面積，讓我們來受罪，白天幹一天活，累的晚上睡覺都爬不上床。」

太陽帽遮著半張臉的小周說：「這是幹得什麼活兒，昨天太陽把我的臉都曬黑了，晚上做了三次面膜都沒變過來。」

李主任不耐煩地說：「都別扯這些沒有用的話了，抓緊時間丈量，明天可是鄉長給我們的最後期限了，現在我們丈量了還沒有二分之一。」

這時，山坡上又傳來了放養老人那淒涼憂傷的歌聲：

四月裏，養蠶忙，家家戶戶去採桑。
手畚著桑樹我無心採，一個就在樹毛裏（指孩子），一個就在樹頂上。
恁因為一個葚子打了仗，我把恁兩個王八羔子罵！……

小周說：「這老頭怎麼像幽靈，我們走到哪裏，他就跟到哪裏。」

小鄭說：「他年輕時心靈上肯定受到過創傷。」

李主任沒說什麼，兩天的連續作戰也讓他筋疲力盡，他臉上的汗水大顆大顆的往地上滴。

來到一塊很長的玉米地前，小鄭和小楊扯了兩皮尺才量出了長度。地的寬度不同，按理說丈量時，需多量幾個點，取個平均值，可兩個人累的實在不願多走路，只量了一個點。

量完後，小鄭向小周報數：「長九十五點五米，寬七米。」

小周的計算器滴滴響過之後，說：「這塊地一畝」

「喂，你們量錯了，這塊地根本不到一畝地。」不知什麼時候，放羊的老人已經趕著羊來到了附近的山坡上，顯然他已經聽到了小週報出地畝，才這樣糾正道。

小周不滿地說：「你喊什麼？還是放好你的羊吧！難道我們拿皮尺量出的數字還有錯。」

老人道：「皮尺沒有錯，是人錯了，你們丈量地寬的時候，量的是最寬的地方，可最窄的地方你們沒量。」

小鄭戲謔道：「那你說這塊地有多少畝？」

老人說：「這是我們村張三奎的地，當時是按每口人零點二七畝分的，他家三口人，共零點七一畝。」又說：「這片坡上的地當時都是按每口人零點二七畝分的，沒錯。」

於是他們對這塊地進行了重新丈量，結果是零點七四畝，比老人說的多了三釐，量地都有誤差，看起來老人說得沒錯。

李主任遞給老人一支煙說：「老人家，這坡上的玉米地你都能說得上來。」

老人說：「天天在山上轉，誰家的地？多少畝？心裏就像明鏡似的。」

小周湊到李主任的面前建議道：「我看讓老大爺說，我們記吧，這樣會節省時間。」他已不再喊老人老頭。

李主任就問放羊的老人：「老人家，你能把這山坡上的每塊玉米地都報個數，讓我們記下來嗎？」

老人說：「我得放羊。」

李主任道：「你就一邊放羊一邊說。」又道：「你有什麼要求也跟我們提出來。」

老人想了想說：「我把數字跟你報完了，你們就給我買一雙皮鞋吧，我放羊磨得最快的就是腳上的鞋子。」

李主任看看老人露著腳趾的鞋子，點頭答應。

老人開始用鞭桿指點著報數，還是小周記錄，很快就記錄完了。

李主任從口袋裏掏出五十元錢，遞給老人說：「我們也不知你穿多大型號的鞋，你就自己買一雙鞋子吧。」

老人高興地接過了錢。

提前完成了任務，他們開始往回返，走下山坡，他們的背後還飄著老人的歌聲。

一頭有會癮的牛

我臥在一座露天的牛圈裏，鮮亮的太陽撫摸著我光滑柔順的皮毛，讓我感到十分舒暢和愜意。不過這種感覺卻是短暫的，隨之而來的是無限的迷茫和失落襲上心頭。

我再無心咀嚼身邊的草料，懶的讓胃粘膜反芻到口角，而是抬頭朝遙遠起伏連綿的群山望去。我的心靈在呼喚，呼喚著我極待需要的某些東西。

我懷疑自己健壯的身體突然某個部位出現了故障，但沒有足夠的條件和理由來證明。後來我終於明白，我是在焦慮不安地等待著下一次的現場會。以前，聽人說開會有癮，我便覺得是多麼滑稽可笑。現在我卻不可救藥地染上了它，我的迷茫，我的焦慮，我的心神不安，就是被這種會癮誘發而產生的，它已經在不知不覺中滲透了我的骨肉。

我曾經隨著我的主人多次參加過縣、鄉召開的畜牧養殖現場會。起初，我只是被借到籌備現場會的單位湊數而一。因為他們自己餵養的牛根本形不成規模，達不到上級要求的數字。這些幹部為了向上級要政績，保住烏紗帽，不惜出高價把異地「借」牛。

當然，在我被借用的過程中，我的主人——那個兩眼渾濁，頭髮乾枯，乾瘦如柴，其貌不揚，愛慕虛榮的小老頭，會得到一筆十分可觀的傭金，我也會享受到貴賓的待遇。得利於我的四肢發達，體格健壯，身材高大，我很快就從眾多的牛中脫穎而出。先是被記者採訪，後是被領導接見。我就像一顆耀眼的明星冉冉升起。

我的主人原來給我起的名字叫黑頭，我認為這名字更象我的主人，沒有一點學問，叫起來一點也不響亮，一聽就知道我是一頭黑毛。自我一舉成名後，人們就漸漸忘了我的真實名字，開始喊我明星牛。

我喜歡這個響亮的，籠罩在光環中的名字。當明星的感覺就是不一樣，不僅我的同類們對我另眼相看，就連許多趾高氣揚的人，也開始向我投來敬佩的目光。

我的主人不得不重新審視我，他已發現了我在他的家庭，乃至整個社會上的有用價值。他對我不再抬手就打，張口就罵。也不再讓我幹任何農活，而是讓我住最朝陽的牛圈，吃最好的草料。

剛開始，我對主人的言行和變化十分感激，漸漸的卻有了被利用、被剝削、被欺騙的感覺。我開始討厭他，討厭他那不擇手段，見錢眼開，欺上瞞下的嘴臉。我盼望回到那轟轟烈烈的現場會上去，那裏才是我施展才華的舞臺。只有在那裏，我的牛生價值才得以充分體現。我盼望著這一天的到來。

我期望的時刻終於來臨。這天，我正漫不經心地反芻著吞進胃裏的草料，我的主人走近我，拍拍我肩頭說：「走！跟我享福去。」隨後領我上了路。我和我的主人走出了炊煙縈繞的村莊，趟過一條流水潺潺的小河，鑽過河邊稠密的楊樹林，爬上了一道漫長的山樑。腳下的路蜿蜒崎嶇，可我行走在上面並不感到困難。儘管主人沒有告訴我此次出行的目的，但我卻看到了前途無限光明。因為腳下這條狹窄的羊腸小徑，牽著前面一道更大的山樑，那裏是上次全縣畜牧養殖現場會地點。我猜想：「這次主人帶我一定還是去那道山樑，參加更大規模的現場會。想到上次現場會，那是何等的風光。」

一千多頭顏色各異，大小不一的牛，從四面八方趕來，聚集在一起。身材魁偉高大，目光炯炯有神的縣長坐在主席臺上，用官方特有的富有磁性的語言，闡述著在新形勢下農民如何致富的深奧道理。縣長講完話，用發展的眼光，戰略的目光掃視了一遍會場，便朝我款款走來。然後用他那白皙極具權威性的手，拍著我肥厚豐滿圓滑的屁股，說我是大山的活寶，是農民開啟致富之門的金鑰匙。

縣長的話剛說完，一大幫記者湧了上來，他們爭先恐後地把鏡頭對準了我。我抓住這千載難逢的機會，極力調整著情緒，以最佳的姿態面對著鏡頭。我猶如鶴立雞群，被眾人眾牛群星捧月般包圍著。頓時，鮮花、掌聲、歡呼聲全都屬於我。

不知不覺中，我高昂起了自己那高貴的頭顱，雞蛋般大的眸子裏放射出了無比驕傲、自豪的光芒，我被淹沒在無比的幸福之中。隨後，我的光輝形象上了一家權威性較強的報紙。我不再是土裏土氣的黑頭，而成了一顆光芒耀眼的明星……

正當我陶醉在無比的幸福之中時，不知不覺放慢了爬山的腳步。我的主人——那個矮小乾瘦、醜陋無比的老頭，嫌我走得慢，用力照我的屁股上就是一腳。

這個不知好歹的東西，膽敢踢我被縣長拍過的地方。可縣官不如現管，面對主人的拳腳，我還是老老實實地加快了爬坡的速度。當我們趕到那座更大的山樑時，那裏沒有人，也沒有牛，毫無疑問更沒有什麼現場會。

我用疑惑的目光去看我的主人，見主人的眼裏蓄滿了詭譎，狡詐，甚至含有幾分殺氣。我的渾身開始有些顫慄，我不敢問主人去什麼地方。又翻過了一座大山，主人領我走進了一個陌生的村莊。

這時我已累的大汗淋漓，饑腸轆轆。跨過一條主街，拐過幾道小巷，我看到了一座煙霧縈繞，熱氣升騰的房屋前，豎著一塊醒目的牌子，上面寫著：「宰牛房」。

鄉長的「蹲點日記」

一天，鄉政府辦公室王主任把秘書小李叫去，安排了一項重要任務，給鄉長寫「蹲點日記」。鄉長的蹲點村是離鄉政府七里地遠的柳峪村。「蹲點日記」是縣政府要求寫的，本該鄉長自己寫，但王主任考慮到鄉長工作忙，就安排小李代寫。他把一個十六開黃皮蹲點日記本交給小李說：「記錄時越具體越詳細就越好，鄉長什麼時候進的村，進了村都幹了些什麼工作，什麼時候離村，都要記得清清楚楚。」

小李撓著頭皮說：「鄉長進村我又不都跟著，怎麼能知道的那麼細。」

王主任就說：「只要多動腦筋，靈活善變，就一定能妙筆生花。」

幾天後，小李攜鄉長的「蹲點日記」去找王主任過目，現摘錄如下：

九月二十日（星期一）：上午八點進村。八點半召開黨支部、村民委員會成員會議，研究新建冬暖型蔬菜大棚問題。主要議題有三項：一是成立大棚建設領導小組。村委主任任組長，成員由兩名村委成員、一名黨員代表和一名群眾代表組成（小組成員名單略）。二是確定村南窪大三地為新建大棚基地。三是研究了對新建大棚戶的獎勵辦法，決定農戶每建一個大棚，村裏獎勵一千元。下午兩點帶人到村南窪大三地進行實地規劃，確定每個大棚面積為一畝，分四排建四十八個大棚，總面積為四十八畝。晚上六點回鄉駐地。

九月二十一日（星期二）：上午八點半進村。九點到部分村民家走訪，就建棚問題徵求村民意見，多數人反映這是一項富民利民工程，不管遇到多大困難也要幹；也有人反映沒有足夠的資金購買建棚物料，要求村幹部與信用社協調給困難戶辦理貸款。下午兩點到村南窪大三地瞭解大棚籌建情況，知道十戶已經動工，三十七戶正在備料，一戶思想還不通。晚上六點半回鄉駐地……

王主任看完後說：「寫得不錯，如果再具體到什麼時候就餐就更加完善，你可不要小看這寥寥幾筆，它能起到畫龍點睛的作用。」

小李也覺言之有理，表示一定照辦。

年終，鄉長的「蹲點日記」交到了縣政府辦公室，小李也像完成了一項光榮而艱巨的任務，只盼鄉長對此能表揚幾句。這天，他真的被叫到了鄉長辦公室。

鄉長黑著臉把已翻開的「蹲點日記」摔在了他面前的桌子上，他看到九月二十一日「日記」的空白處批了幾行紅字：「該同志在縣政府會議室參加全縣鄉鎮幹部工作會議，又為何去了蹲點村，難道真會分身術，真是荒唐透頂！」

小李沒等看完，眼前一片模糊。

失盜與獲獎

下午，財務科小趙還沒下班，妻子就從家裏就打來電話，說女兒突然肚子疼，要他趕忙回家看看。小趙掛了電話沒來得及鎖防盜門就匆匆離開了辦公室。

夜裏財務科被盜，盜賊盜走現金八萬元。

第二天一早，小趙來上班發現被盜後，知道是自己的失誤造成的，就懷著一顆忐忑之心主動去找局長。局長聽了後，並無驚慌之色，反到十分鎮靜。

局長問：「丟失了多少現金？」

小趙答：「八萬元。」

局長又問：「這事誰還知道？」

小趙說：「這事還沒人知道——這不，我一發現就跑來向你回報。」

局長不再說話，他端起茶杯喝了一口水後，微微鎖起雙眉，像在思忖著什麼。

小趙的心裏更是不安。

小趙要求局長給自己處分，並建議馬上向公安局報案。

局長終於開了口，他說：「這次被盜問題十分嚴重，按理說不管怎麼處理，你都得先把丟失的八萬元錢償還上。」說到這裏，就去看小趙的臉，小趙的臉上冒出了汗。

局長又說：「不過，你如果按照我說的去辦，我會想盡辦法從輕處理你。」

小趙抹了把臉上的汗水說：「局長你說怎麼辦？我全聽你的。」

局長說：「你現在就跟我去公安局報案，就說被盜八萬五千元。」

小趙聽了局長的話，一臉的茫然，可又不敢多問。只有局長心裏清楚，他是想藉此機會，渾水摸魚，處理掉自己帶老婆孩子外出遊玩的五千元錢的花費。

小趙按局長說的報案後，局長安慰他說：「不要多想，我會處理好這件事。」

幾天後，局裏組織召開了全域幹部職工大會。會上局長表態說：「這次財務科被盜，是我思想麻痹，對各科室管理不嚴，造成個別同志防盜意識淡薄，直接導致事件的發生，因此我有不可推卸的領導責任。這次被盜事件給我們敲響了警鐘，我們全體幹部職工要以此為教訓，確實強化責任心，睜大眼睛，提高警惕，保證在今後的工作中不再發生類似的事情。」

局長掃了到會的人一眼繼續說：「至於小趙工作失誤的處理，我和幾個領導研究了一下，由於他彙報及時，認錯態度較好，局裏決定對他從輕處理，罰款五千元。」

事後，小趙心裏雖然不服，可還是沒有表露出來，畢竟五千元錢與八萬元相比還是一個小數。

一次，局長親自找到小趙說：「小趙，聽說你的硬筆書法不錯，近日局裏要舉辦一次硬筆書法大賽，希望你能參加。」說完意味深長地看了小趙一眼。

小趙剛剛被處分過，本來沒心思參賽，可礙於局長當面提起，於是報了名。結果小趙得了一等獎，獎金是五千元。

小趙手裏捧著五千元錢，心裏像明白了什麼。

採訪

《S市晚報》副主編楊甯正在自己的辦公室裏喝著茶，聚精會神地看一份當天的報紙，突然，辦公桌上那米黃色的電話鈴聲大作，楊副主編拾起話筒聽到：

「你是《S市晚報》編輯部嗎？我發現了一條新聞線索，想向你提供。

「我是，好！你說。」

「市南郊，一名兒童落入一水井中，正在搶救。」

「準確位置？」

「南苑居民區柳樹巷中段。」

「好，謝謝你提供新聞線索，請你留下你的姓名和地址……」

楊副主編掛斷電話後，立即找來了年輕的實習記者趙清，要他迅速驅車趕到事發地點進行實地採訪。

趙清哪敢怠慢，帶上照相機，背上採訪包，急忙踏上了採訪車。南苑居民區柳巷離報社約有七八里地，雖說離報社不遠，可與市區中心相比卻看不到繁華與喧囂。那裏住的全是平民，有錢有地位的人極少光顧。趙清也是第一次到那裏採訪。

採訪車離開鬧市區，加快了速度，風馳電掣般朝事發地駛去。坐在車上的趙清心情一直很激動，他從某大學新聞系畢業後，被招進報社還不到一個月的時間，這是他第一次單獨執行外出採訪任務，而且又是副主編親自安排的，這足以說明領導對自己的信任和重視。他在想，趕到現場後，自己要以最快的速度選準最佳角度，舉起照相機拍下那動人的救人場面，然後再詳細採訪小孩落井和被救的經過，爭取次日圖片和文稿都出現在晚報的顯要位置。

趙清火速趕到救人現場時，落井的兒童已被人救了出來。那兒童名叫小寶，今年七歲，生得肥肥胖胖，虎頭虎腦。由於落井受到了驚嚇，肥乎乎的小臉上滿是恐懼，兩隻圓圓的小眼也滿含淚水。他的母親，一個穿著樸素的女人，正在翻來覆去地掀起他的衣服，檢查他的身上是否受了跌傷。

母親見兒子身上沒有破傷的地方，就急忙拉著兒子來到一個中年男人的面前，說：「小寶，快跪下，給你的救命恩人磕頭。」

小寶聽話地跪倒在中年人面前，還沒等磕頭就被中年人拉了起來。

接下來，趙清採訪了那個中年人。

中年人叫劉彥，面相憨厚老實。他說：「我的家並不在這條巷，我是路過這裏時，聽到井裏有小孩的哭喊聲就跑了過去。」說著，劉彥就引趙清來到了那眼井邊。

趙清見那是一眼圓口井，井口也只比居民平時用的水桶大一點。趙清探頭朝井底望去，黑洞洞的，卻不見底。

劉彥說：「我見小孩並沒有落到井底，也許是因為他肥胖，也許是他驚慌或無意間用兩隻小胳膊撐住了狹窄的井壁，反正只懸在井筒半腰，卻沒有掉下去。我幾次想下去把他救上來，可都因井口太小而不能辦到。」

「那你最後是用什麼辦法把他救上來的？」趙清插嘴問。

劉彥說：「最後我從附近居民家找來了一根繩子，一隻鐵鉤，然後把鐵鉤拴在繩子上，用鐵鉤鉤住小孩的衣服，把他從井裏提了上來。」

趙清又朝黑洞洞的井底看了一眼，他在為小寶感到後怕和慶幸的同時，也深深的感到遺憾。因為他的照相機沒有撲捉到小寶被鐵鉤鉤上來的鏡頭。他的心裏突然有了一個想法，重新補上這個鏡頭。他把自己的想法告訴了劉彥和小寶的母親，爭取他們的同意。兩人都認為這是記者工作的需要，也不說什麼，只是做好配合。

趙清讓劉彥把原來用過的繩子摘掉鐵鉤，然後牢牢拴住小寶的腰，重新放回井裏，自己卻掏出照相機準備抓拍。

小寶一聽說把他重新放回井裏，嚇得哇哇直哭。

小寶的母親一邊檢查繩子是否繫牢，一邊哄小寶說：「小寶不哭，叔叔不是把小寶丟進井裏，是給小寶照相，讓小寶上報紙呢。」

劉彥提起繩子，把小寶墜入井中。趙清的照相機對準了井口，還沒等他按動快門，就聽小寶「噗嗵」一聲掉到了井底。

拴小寶的繩子突然斷了。

井上的人驚得目瞪口呆，小寶的母親反應過來後哭喊著沒命地朝井口撲去，是劉彥一把拉住了她。等小寶被人救上來時，已經停止了呼吸。

次日，這件事成為各大報紙的頭條新聞。

交易

這是小鎮上唯一的一座儲蓄所，它離鎮政府不遠，玻璃門窗前是一條寬闊的柏油路。所裏共三個人，一名所長，一名出納員，一名業務員。

所長不是到縣局開會，就是彙報工作，很少待在所裏。出納員叫李曉宇是鎮長的外甥女，風華正茂，正跟鎮政府新招來的一名大學生熱戀。大學生一天不來找她，她就用最新款式的手機給他發短信。業務員叫王濤，與女出納員年齡相仿，家就住在鎮子上，晚上只要輪不到他值班，他就回家住。

李曉宇和王濤對著桌辦公。來了存款的顧客，他們一個為顧客辦理存款憑證，一個收款點款。兩個人動作敏捷熟練，相互配合默契。沒有顧客的時候，李曉宇就給她的大學生男朋友發短信，一條接著一條，沒完沒了。這時坐在對面的王濤，會用柔柔的眼神觸摸著她那漂亮的臉蛋，敘說著小鎮上新近發生的奇聞逸事。二人或說或聽，或動或靜，都是隨心所欲，自然流露。這樣的日子無波無瀾，平靜的有些讓人生厭。

這天中午，最後一個顧客離開後，王濤又開始向李曉宇發佈最新消息。他說：「李曉宇，你聽說過沒有？前天夜裏，小鎮上一李姓大戶人家，被一蒙面盜賊洗竊一空。」

李曉宇並沒感到驚訝，她認為現在這種事太多了，掀開報紙，打開電視、擰開收音機，到處都是。她依然持手機專心給她的大學生發短信。

「那蒙面人自稱『色魔大盜』，搶完了東西後，還強暴了李家的獨生女。」王濤說完，意味深長地望著李曉宇。

「真有如此大膽的盜賊？」李曉宇終於停止了發送短信。

「這是真的，千真萬確。」王濤的回答，不能不讓人相信。

「我倒要想會會這個『色魔大盜』。」

李曉宇的話一出口，不僅出乎王濤的意料，也會出乎所有人的意料。不幸的是事情真的被她言中，並且來得是那樣快。

下午下班後，王濤先回了家。李曉宇想到街上買些新鮮蔬菜，就到裏間換衣服。可等她換完衣服出裏間門時，一隻黑洞洞的槍口抵在了她的胸口上。持槍的是一蒙面人，只露出的兩眼射出兇狠的目光。李曉宇還沒有反應過來，就被重新拖進了裏間，摔在了一張床上。

蒙面人惡狠很地說：「外面的房門已被我插牢，不會有人進來。不過你得老老實實，跟我配合好。如果你不老實，想要叫喊人，那我就……」說到這裏，又用槍口捅了捅李曉宇的胸口。

李曉宇開始慢慢鎮靜下來，她抬起頭來看看蒙面人，知道想認清和記住他的面目是徒勞，她再透過窗玻璃看門外，門外也漸漸黑了下來，街上雖有稀稀拉拉的行人，可他們不會知道這屋裏發生的事情，她更是不敢喊叫。

蒙面人向她問清了保險櫃的鑰匙放在什麼地方，保險櫃安置在什麼地方後，就把她的嘴用一塊抹桌布堵上，把她的手腳也全都綁了起來。他在從她身上掏出保險櫃的鑰匙時，還有意揉了一把她那雙豐滿的乳房。於是李曉宇就斷定，他就是王濤說的那個「色魔大盜」。

蒙面人帶著鑰匙到外間去開保險櫃，被綁著的李曉宇在床上想著主意。緊貼床頭的一張木桌上，有一部電話。她想用它報警，可她的手反綁著，幾次努力也沒有如願。這時，房屋內已經黑得看不清東西，蒙面人不敢開燈，依然在外間翻箱倒櫃，他要把這座房子裏的所有錢，全部找到，然後再裝進口袋背走。

李曉宇已冷靜了許多，她突然間覺得，這個盜賊無意之中可能幫了她的大忙。

蒙面人提著一個裝滿錢的口袋走進了裏間，他拿掉李曉宇嘴裏的抹布說：「謝謝你的配合，我的任務完成了，我得走了。」

「等等！」李曉宇急喊。

「你要幹什麼？」蒙面人急忙轉身，警惕地問。

「你連所有的帳本也帶走吧。」李曉宇幾乎是求道。

「為什麼？」蒙面人不解地問。

「實話告訴你吧，在這之前所裏的款已被我私吞許多，現在你把帳全部帶走，他們就不會查到我的頭上。」

「你這女人比我還狠。」蒙面人又說：「我幫你帶走帳本可以，不過你得答應我一個條件。」

「什麼條件？」李曉宇問

「你必須乖乖地躺到床上……」說完把李曉宇壓在了身下。

兩個人在床上完成了一樁骯髒的交易。

當蒙面人背著一袋錢和一袋帳溜出房門，消失在茫茫夜色中時，還沒從床上爬起來的李曉宇臉上露出來一絲得意的笑容。

局長家的狗

我給局長開車多年，時常陪局長參加各種酒宴，每每公宴之後，我都依照慣例把那些剩餘飯菜收斂起來，用早已準備好的塑膠袋裝好，順勢提上車去，其中不乏大魚大肉，生猛海鮮。可謂應有盡有，色香味俱全。這是應了局長的吩咐，帶回去讓他的純種靈提獵狗——猛豹享用。

猛豹是從歐洲引進的純種獵狗，牠嗅覺靈敏，反應快捷，眼裏發出的光銳利無比。據說局長是花六千元錢託人從外地買來的。有人問局長為什麼不買一隻溫順的寵物狗，而買一隻兇暴的獵狗。局長只是笑了笑。

我給局長開車，接送局長上下班、外出參加各種活動，去局長家的次數自然要多，局長家的狗漸漸和我熟悉起來，見我之後不再呲牙咧嘴，狂叫不止。特別是我跟局長參加公宴回來，把一塑膠袋山珍海味放在陽臺上時，牠便向我友好的搖搖尾巴。這時局長的夫人便當著我的面，拿出兩隻碗把塑膠袋裏的剩魚剩肉分成兩份倒進碗裏，一隻碗端給猛豹，另一隻碗端下樓去。

起初，局長夫人的舉動並沒有引起我多大注意，可時間長了，我總覺得有些奇怪。我猜想局長家一定還養著一隻狗。

我忘了告訴你，局長家住的是三樓，單位分房時配了樓下的一間地下室，作為備用倉庫。現在想來，局長夫人端著另一隻碗走下樓，必定是去備用倉庫餵另一隻狗。當我知道局長家養了兩隻狗後，每跟局長參加完公宴，我更是把桌上的殘湯剩菜收拾的一乾二淨，有時候一隻塑膠袋裝不下，就準備兩隻塑膠袋，或者三隻塑膠袋，唯恐少了不夠兩隻狗享用。局長也早就看出了我的用意，對我的行為在內心裏表示滿意。為此，帶我參加公宴的次數也多了起來。可以說在某些程度上，我沾了他家兩隻狗的光。

不過我一直弄不明白局長為什麼在備用倉庫餵一隻狗。對此我做了種種猜想，首先想到的是，把狗餵大了局長自己家吃。可細想又覺不對，局長家什麼都不缺，平時一句話，別說是一隻狗，就是一頭牛也會有人送上門。那麼就是為了守門，高價買回一隻狼狗，讓他專門守著地下室，可見室內的東西不是一般的罎罎罐罐，一定十分珍貴。照這樣推想下去，我認為局長的地下室裏肯定放著數目不菲的名煙、名酒，名牌手錶、高檔攝影機，名牌服裝、金銀首飾等。我之所以想到這些，是因為我給局長開車太瞭解他。他在單位裏天天講廉政，回到家裏卻是來者不拒，什麼錢都敢拿，什麼禮都敢收。如果真的是這樣，這地下室就是局長窩藏贓物的重地，就是局長受賄的見證。我為自己有這樣的想法而感到激動，也為有這樣的想法而感到害怕。

這天，下邊幾個建築公司的頭頭又要請我們局長吃飯。因為局長獲得了「全市建築系統十大孝子榮譽稱號」。說是吃飯，可也不能隨便，進的是豪華酒樓，桌上是生猛海鮮，喝的是人頭馬，抽的是大中華。

席間，一建築公司經理親自為局長斟上一杯人頭馬酒，然後舉杯說：「來！為局長榮獲『全市建築系統十大孝子』稱號乾杯。」

「乾杯！」話說完，許多杯子碰在一起，發出一陣悅耳動聽的響聲。歡聲笑語，酒菜飄香。

宴席一直持續到下午兩點多鐘，幾個經理和局長喝的醉意朦朧，喝出了感情，喝出了喜慶的氣氛。散場時，我早已準備好了兩隻塑膠袋，把桌上所有的殘湯剩菜全部收在裏邊，然後提到了車裏。我開車送局長回到家，等把兩袋剩菜放在他家門口時，那隻純種獵狗——猛豹，像早已等不及，企圖掙脫狗鏈搶食兩袋剩菜。

這時局長的夫人又拿出兩隻碗，把塑膠袋裏的剩魚剩肉分別倒進兩隻碗裏，還是把一隻碗端給猛豹，另一隻碗端下樓去。這次我向局長請示工作沒有馬上離去，而是想等局長夫人回來後，去局長家地下室一睹他家另一隻狗的風采，順便再探視一下那地下室裏究竟還有什麼秘密。

局長夫人回到樓上來時，我開始走下樓去。我像私人偵探般找到局長的地下室時，四周並沒有反常現象，也聽不到狗叫聲。

地下室的門並沒有上鎖，我推開門悄悄入內，藉著微弱的亮光見一個蓬頭遢面的老頭，正狼吞虎嚥地吃著我提回的剩菜。

他看到我先是一怔，隨後說：「這是我當局長的兒子給我買回來的，真香！」

心債

金寶從廣州淘金回到這座小城，引起了許多人的熱議。有人說他在外邊發大了，可他的腰包裏到底有多少錢，並無人知曉。

金寶年近五十，體態略肥，滿臉福相，渾身上下穿的全是名牌，手指上的金鎦子明晃晃耀人眼目，只是走路的姿勢有些誇張，流瀉出的目光有些迷茫。

金寶信奉「人過留聲，雁過留名」的說法。他認為，錢再多也是生不帶來，死不帶去的東西，只有多做好事，多做善事，才能流芳百世，青垂千史。

他聽說縣裏要新建一處車站，就找到縣長說，為建車站我願捐獻二十萬元錢。縣長聽了極為高興，和他親切握手，並表示衷心感謝。可他提出來一個條件，說車站建成後，要命名為金寶車站。縣長說，捐款是好事，可車站名不能以個人名義命名。金寶走了，當然款也沒有捐成。

他聽說縣裏要建文化廣場，於是就找到縣文化局長說：「為建廣場，我願捐獻五十萬元錢。」局長極為高興，和他親切握手，並表示衷心感謝，可他卻提出了一個條件，說廣場建成後，要命名為金寶文化廣場。局長笑了笑，婉言拒絕了，自然，捐款的事又沒成。

他又聽說，一個偏遠的小村，要建一處學校，可因缺少資金而遲遲沒有動工。他趕去找到校長說：

「為了山區裏的孩子，為了建學校，我願捐款一百萬元錢。」校長極為高興，和他親切握手，並表示衷心感謝。可他卻提出了一個條件，說學校建成後，要命名為金寶希望小學。校長思忖再三，最終還是答應了。他很快就把一百萬元錢送到了校長的手上。在校長接過錢時，身邊的一個孩子，用一種渴求、明亮的眼神盯著他，這孩子是校長收養的孤兒。

有了錢學校建設馬上動了工，工程進展也十分順利。竣工後，學校要舉辦剪綵儀式，校長把金寶專門請了來，當他來到校院門前時，他看到了豎在大門旁那塊精緻的木牌，上面書寫者「金寶希望小學」六個金光閃閃的大字。頓時，他覺得自己的形象高大了許多。校長領他參觀了新建的教室、辦公室、學生食堂，還讓他親自剪綵。

自此以後，學校裏不管是有重要活動，還是遇到盛大節日，校長都把金寶請來，讓他當主賓，坐上席。金寶也不謙虛，自感受之無愧，儼然一副主人的樣子。

金寶常給學校提一些意見和建議。一次，他建議校長為自己塑一座雕像，立於校園中央，好讓所有師生牢記他的功德，校長思忖再三，還是沒有答應。

後來老校長退休了，又換上了一名年輕的新校長。新校長一上來就忙於教學改革，提倡學生素質教育，同時對校園進行了綜合治理。

不知新校長是忙，還是什麼原因，他很少與金寶聯繫，除了校園的大門前仍然掛著「金寶希望小學」的牌子外，學校有什麼活動也不再請金寶參加。

對此，金寶表示出了極大的不滿。他認為，當初自己捐款建起了這座希望小學，自己就是學校的功臣，歷屆師生就不能忘記自己，應該牢牢記住自己。有幾次，他甚至到學校裏去鬧在師生中引起了不小反響。

一次，他剛到學校鬧完回家，一個年輕人手裏提著一隻精緻的密碼箱出現在他的面前。年輕人輕輕打開密碼箱，把一百萬元錢放在金寶面前的桌面上，然後用銳利的目光望著他說：「當初你為建校捐資一百萬元，在全體師生的心中立起了一座豐碑，但不能成為你一生的心債，現在我把這筆心債還給你，算兩清了。」

年輕人走後，金寶望著桌面上的一堆錢茫然失措。他覺得年輕人的目光像在哪裏見過，想了很長時間，他想到了當年的那個孤兒。

租個媽媽來開會

初一（二）班寬敞明亮的教室裏，來參加家長會的學生家長還不多，冬冬就早已坐在了一個女人的身邊。冬冬身邊的女人長髮飄逸，面容俏麗，舉止文雅大方。她不時用白皙修長的手指梳理著冬冬烏黑的頭髮。在別人的眼裏，他們無疑是一對幸福的母子。

這時漂亮年輕的女班主任走進了教室。冬冬急忙站起來，來到班主任面前，指著女人大聲說：「老師，這是我的媽媽，」

「冬冬媽媽，認識你很高興。」兩個女人的手緊緊握在了一起。

其實冬冬並沒有媽媽。冬冬剛生下一年多，他的媽媽就得了絕症離開了人世。從此，父親把所有的愛全部留給了他。他成了父親精神上的支柱，靈魂的支點。為了不讓他受到任何一點委屈，父親一直沒有另娶其他女人，一個人含辛茹苦把他從小，一直拉扯到現在上初中。可父愛再多，也永遠代替不了母愛。特別是上初中後，冬冬看到別人的媽媽來給同學送飯時，心裏不知有多麼的羨慕。

前天，班主任下通知，星期天在教室召學生家長會。冬冬一聽就犯了難，因為冬冬的父親在外地打工，不能按時趕回來參加會議，冬冬更沒有媽媽來參加他的家長會。他覺得沒有父母參加家長會，是一件很不光彩的事情，也會被老師和同學看不起。他想找一個人來參加家長會，可他沒有叔叔，也沒有姑姑，更沒有其他親人。這時，他突然想到了柳阿姨。父親不在家，是柳阿姨常常來照顧他。有時他會想，如果柳阿姨是自己的媽媽該有多好啊！

放學後，冬冬跑到了柳阿姨的家裏，把自己的想法告訴了柳阿姨。

柳阿姨笑著說：「冬冬，我又不是你的父母，怎麼能去參加你的家長會。」

冬冬趕緊說：「柳阿姨，你就去吧，我求求你了。要不，在家長會上，我喊你媽還不行？」

「乖孩子，媽哪有隨便喊的。」柳阿姨說完，親昵地撫摸著冬冬的頭。

冬冬急了，從隨身帶來的書包裏掏出了一百元錢，遞到柳阿姨的面前說：「柳阿姨，我不會讓你白耽誤時間，這一百元錢給你。」

柳阿姨看著冬冬那一臉的天真和認真勁，沒再猶豫。她決定給冬冬做一天出租媽媽，她不僅答應了冬冬的要求，還接過了那一百元錢。她知道，接過那一百元錢，就是接過了一個孩子的尊嚴，即使把錢還給孩子，也得換一種方式，換一種讓孩子能接受的方式。

家長會上，冬冬和柳阿姨親親熱熱，有說有笑，儼然一對恩愛母子，惹來了不少同學和家長羨慕的目光。

柳阿姨還向班主任詳細瞭解了冬冬在學校各方面的情況。她問班主任，冬冬上課是否認真聽講？作業完成的好不好？平時團結不團結同學？有沒有跟同學吵過架？

班主任對她的提問一一作了回答，並對她說：「冬冬是個很聽話的學生，學習也很認真，就是性格內向了些。」又說：「平常他很少像今天在你身邊這樣，無拘無束，有說有笑。作為母親，今後在這方面，你還得多開導他……」

看著柳阿姨跟班主任熱情地交流，冬冬感受到了從未有過的母愛，他幸福地依偎在柳阿姨的身邊，一刻也不願離開。

家庭會完成後，冬冬跟在柳阿姨身後一塊走出了校門。行至半路，柳阿姨從隨身攜帶的橘黃色皮包裏，掏出部嶄新的MP3亮在冬冬的眼前說：「冬冬，這是我送給你的禮物，看看喜歡不喜歡？」

冬冬眼睛一亮，隨後卻說：「媽媽！不，柳阿姨，我怎麼隨便要您的東西。」

柳阿姨親昵地撫摸著冬冬的頭髮說：「冬冬，今天我可是做你的媽媽，媽媽送給兒子禮物，哪有兒子不接受的道理。快，拿著。」說完，硬是把MP3塞到了冬冬的手裏。

冬冬激動地說：「柳阿姨，您若真的是我媽該有多好。」

補丁褲

蓓蓓是育紅小學三年級五班的學生，她不僅長得漂亮，還十分愛打扮。她幾乎每一星期都有新衣服換，天天把自己打扮的花花綠綠，就像一隻美麗的花蝴蝶，在校園裏歡快地飛來飛去。

蓓蓓有個姐姐，叫菲菲，高中畢業後沒有考上的大學，就回家辦起來了一個理髮店。姐姐十分喜愛蓓蓓。蓓蓓放學後也常到姐姐的理髮店。姐姐不僅把蓓蓓的頭髮染得一會兒紅一會兒黃，還把她的頭髮編成無數條麥穗狀小辮。她理髮掙了錢，也捨得在蓓蓓身上花，經常給蓓蓓買漂亮時尚的衣服。

一次，姐姐又給蓓蓓買了一條橘黃色的褲子，上面點綴著紅的花，綠的草和正在飛翔的小鳥，款式十分新穎。蓓蓓穿上它，一進學校就惹來了許多同學羨慕、嫉妒的目光。有的同學問蓓蓓，她的褲子是從什麼地方買的。蓓蓓就說，是姐姐從鎮上的商店裏買的。幾天後，校園裏就有不少同學也穿上了同樣的新褲子。

不知為什麼，蓓蓓的心裏就不高興，再進理髮店時，就撅著嘴跟姐姐說：「許多同學見我穿上了新褲也都買來穿，就不會換種樣式，真是沒意思。」

姐姐聽了卻笑著說：「還沒意思呢，怎麼想的？」又說：「蓓蓓不懂了吧，這就叫流行。」

這天蓓蓓放學回家，被一塊石頭絆倒，把褲腿上磕出了一個破洞，蓓蓓心疼地直掉淚。她跑進理髮店讓姐姐看，姐姐瞅著她的腿沒有磕傷後，才看她褲子上的破洞，然後說：「沒事，你把褲子換下來，放在我這裏，我給你補好。」

蓓蓓再在理髮店看到那條褲子時，見褲子上佈滿了無數補丁，她就不解地望著姐姐。姐姐知道她在想什麼，就說：「穿上吧，保證讓你的同學看了後羨慕死。」

聽了姐姐的話，蓓蓓再去看褲子上的那些補丁，它們竟像一些美麗可愛的魚眼睛，活靈活現，就像會說話，再配上原來的花鳥蟲草，圖案就更生動，更美麗。

蓓蓓穿著補丁褲出現在校園時，又一次引來了無數同學羨慕的目光。次日，校園裏就又有不少同學也穿上了補丁褲子。

這回蓓蓓沒有不高興，因為她知道這也叫流行。可她還是不明白，為什麼褲子上縫補丁也流行呢？

出租身體的女人

倩楠在綠水城四處求職屢遭失敗後，又對自己重新定位，開始重整旗鼓，自謀生路。她做出了一個大膽的決定，出租自己的身體，說的具體詳細一點就是用自己的身體為企業做廣告。

倩楠從一所名牌大學畢業後，就來到了這座城市。在大學時，她學的是建築工程專業。她想在這座城市裏扎下根去，發揮自己的專業特長，讓城市變的更加美麗，可這座城市的建築行業好像並不需要她。她現在的選擇與她除熱愛建築還十分熱愛廣告策劃有關。她先是跑進一家列印社，列印了一大疊廣告到處張貼，又在一塊紙牌上寫道：「倩楠，女，二十五歲，願出租自己的身體為企業做廣告。詳細情況、廣告價格面議，有意合作者，請與本人聯繫。聯繫電話：135××××××××。」然後把它掛在身上，走上了城市的中心大道。

倩楠本來就長髮飄逸，眉眼秀麗，再加上她身上掛著的那塊極具創意的牌子，更是惹翻了許多人的眼球，火爆了整條大道。還沒有多長時間，坤包裏就響起了優美動聽的手機彩鈴聲。

她掏出手機打開，聽到了一個男人卑鄙的聲音：「小姐，你能跟我上床嗎？」

「當然，如果你是一個急於吃奶的孩子。」倩楠說完，果斷地掛了機。

後來，她那款式新穎的手機不斷地唱，她就不斷地接聽。與她通話的人，除了個別的好色之徒，想拉她下水，占她的便宜外，大都是想租她的身體做廣告。最後她在電話裏和一個自稱是迷爾思新潮服裝有限公司總經理的男人約定，次日上午八點在城南如意咖啡廳見面，具體商談廣告之事。

第二天，倩楠按時赴約，她剛來到一張咖啡桌前，一位風度翩翩的中年男人朝她走來。

「倩楠你好，我已經認識你。」中年男子主動介紹說，「我是迷爾思新潮服裝有限公司總經理米宇，希望我們合作愉快。」

兩人握手落坐後，米宇要了兩杯濃咖啡，給倩楠一杯說：「談談你的條件吧。」

倩楠對米宇的第一印象頗有好感，就向他介紹說：「我的業務分三種，一是把你們產品的性能、特點，書寫或刺繡在服裝上。我穿著它出現在本城區的車站、百貨商店、貿易市場等人口密集的場所，每天不少於四個小時，廣告期為一年，廣告費十萬元。」

「那第二種形式呢？」米經理好像對第一條並不感興趣。

「第二種是頭部廣告，」倩楠喝口咖啡道，「我可以把我這一頭漂亮秀麗的長髮剪掉，然後用短髮整成介紹產品的字形，字形以外的頭髮全部理光，再把『髮字』染色，我光頭頂著這些『髮字』每天出現在人口密集的場所不少於四個小時，年廣告費二十萬元。」說完，她用修長、白皙的手指梳理著自己瀑布般的長髮。

米經理兩隻明眸盯著她的長髮，稍作沉思後又問：「那第三種形式呢？你一塊說說看。」

倩楠思索片刻說：「這第三種是半裸體廣告。我可以在胸、背、胳膊等部位的肌肉上用彩繪的形式繪上產品說明，每天裸露在公共場所不少於兩小時，期限兩個月，當然是夏天，廣告費五十萬元。」倩楠說完邊品嚐著咖啡邊等著米經理的反應。

很快，雙方達成了協定：倩楠為迷爾思新潮服裝有限公司做半裸體廣告，公司支付她廣告費五十萬元。

倩楠再次出現在綠水城的公共場所時，已使眾人瞠目，在某些意義上說，有時她已不屬於自己，而是屬於某個企業。她的身體，包括她的美麗已變成了一種商品，可很多人看她卻不像看商品那樣簡單。她的創意成了這座城市一條爆炸性的新聞，而它帶來的效應已遠遠超出了這座城市的範圍。一時間她的廣告照——半裸體照登上了全國各大報紙，甚至還上了幾家很有名氣的電視臺。看到這些，迷爾思新潮服裝有限公司總經理米宇坐在他那豪華的辦公桌前多次開懷大笑。

一個月後，倩楠突然感到身體有些不舒，跑了幾次醫院，回來後變的神態凝重，愁雲滿面，眉宇間流露出無限的憂慮和傷感。她在這座城市裏沒有親人，有什麼話也不跟別人說，只有把滿腹的心事封存在心底。每天她照常出現在各個公共場所，不同目的的人，把不同的目光貼在她的身上。倩楠早已習慣了這些目光，一旦離開這些目光她反而感到寂寞。後來她即使承受著多大的痛苦，也不再去醫院，而是頻繁的去城北的孤兒院。每次都和張院長——一個清瘦的老頭，促膝長談。

有一天，孤兒院的住宿樓在一陣陣鞭炮聲中破土動工。這時，倩楠就站在不遠處的人群中看，按照她和迷爾思新潮服裝有限公司的承諾，在這種火熱的場合，她只能裸著上身，把彩繪廣告展現給人們。於是就有人指責她，說她的肉體會給這個喜慶的日子帶來晦氣和不吉利，她只好戀戀不捨地離去。

倩楠已完成了和迷爾思新潮服裝有限公司總經理米宇簽訂的廣告合同，也順利地拿到了五十萬元的廣告費。之後，她就像突然從這座城市蒸發了一般，再沒人知道她的去向，人們也開始漸漸的把她淡忘。直到孤兒院的大樓竣工時，才又有了她的消息。

這天是大樓竣工慶祝大會，主席臺上除了坐著有關領導外，還擺放著一座雕像。雕像裸著上身，那濃豔的彩繪，卻沒有掩蓋住兩隻美麗的乳房。

張院長說：「雕像的名字叫倩楠，她因患上了癌症已經離開了人世，可這座大樓就是她捐資五十萬元建起來的。」

張院長又說：「大家知道這五十萬元是怎麼來的嗎？是她出租自己的身體，做半裸體廣告掙來的。」

所有的人都默默地望著雕像。

鑿碑

山狗是石匠，他的絕活是鑿碑。

山狗小學上到三年級就因家庭困難輟學了，後跟本村一老石匠學徒。

山狗學做石匠後一直忘不了上學，可想歸想卻不能重新進學堂。他隨施工隊在外地做活，一到休息時間，別人喝茶聊天，他卻獨坐一旁揮錘舞釺在石頭上鑿字。夜裏睡不著覺，就用手指在肚皮上畫字，不過癮就乾脆起身穿衣到院子裏摸黑在石頭上鑿字。

山狗在石頭上鑿字入了迷。

一日黃昏，山狗從建築工地歸來，路過一山坡時，見一老者正在鑿碑，那手錘鋼釺迸發出的叮噹聲漫溢四野。因天色漸暗，老者把頭埋得很深，兩眼用力盯著石碑，抬錘落釺極是謹慎。他見山狗湊近，鄙夷地說：「你會？」後撂下傢伙去一低凹背風處小便。等老者方便完回來，不見了山狗，再望碑時，上面已鑿滿了字，且字字透著力道，足以讓他脊背透涼。從此老者再不鑿碑，誰家死了人堆墳立碑，那鑿碑的活就非山狗莫屬。

山狗開始專門為死去的人鑿碑。

山狗鑿碑從不畫線描影，比葫蘆畫瓢，而是信手落鑿，以心傳神，一氣呵成。不管是魏碑、隸書，還是草書、楷書，他都落鑿成形不留鑿跡。更絕的是，他夜裏不點燈，不照明，摸黑鑿文，如同白晝一樣。

一天黃昏，山狗被人帶到幾十里外鑿一塊大碑。蒼白無力的太陽斜射在山坡上。山狗的眼前是一座高高隆起的新墳，旁邊橫放一塊巨大石碑，比他平時鑿的碑要大出五倍。他便想這碑的主人一定很不一般。

帶山狗來的是一個斯斯文文帶眼鏡的中年人，他跟山狗說：「這碑是為熊局長所立，光買它就花了兩萬元，你鑿字時可要小心謹慎。」

山狗明白這是在給自己施加壓力，心裏有些不快。

戴眼鏡的中年人還說：「鑿好了有重賞。」然後把撰寫好的碑文留下就走了。

山狗沒有急於鑿碑，而是坐在碑旁抽出一支煙慢慢地吸著，嘴裏吐出的煙霧被輕風吹淡。這時有人路過，對著新墳指指點點地說著什麼。他用心去聽，知道了才四十多歲的熊局長是死在酒宴上的，死因當然是酒精中毒。這些真相動搖了他鑿碑的信心。

山狗眼前的地上已堆滿了煙蒂。他心裏想得很多，想到了為民的艱辛，他的感情變得有些複雜，行動也從來沒有這樣舉棋不定。夜幕完全降下來的時侯，他果斷地舉錘鑿碑。

第二天一早，帶眼鏡的中年人來到碑前，沒有見到山狗，驚訝地看到石碑上的字是「輕於鴻毛」。

紙匠

阿三是紙匠。就是專門給死人紮紙牛、紙馬、紙人，做金山、銀山、搖錢樹，糊紙樓、紙櫃的那種人。活兒雖說低人一等，讓人瞧不起，可阿三卻憑著一手的絕活能在困苦的環境裏生存下來。

阿三從小就是一名孤兒，過多的磨難和經歷，讓他從小就很懂事。但他生性內向、木訥，很少與外人交流，這也是他一直沒有結婚成家的原因。

阿三在十三歲那年，村子裏從外地來了一個紙匠。那個紙匠姓胡，年逾六十，兩眼深陷，頭髮蒼白，背有點駝。他本想把紙匠鋪子安在鎮子繁華的街道旁，可許多人怕和死人用品在一起沾了霉氣，都不願讓他靠近。無奈他只好把鋪子安在了離村子偏僻的一條小巷裏。

一次，阿三偶然從這裏路過，見老紙匠坐在鋪子門口紮紙牛，不知是覺得好玩還是好奇，就硬纏著跟老紙匠學徒。老紙匠看他雖然穿著襤褸，瘦骨如柴，可兩隻閃亮的眼睛卻透著聰明，就點了頭。阿三見老紙匠點頭，高興的立馬跪下給師傅磕了三個響頭。

胡師傅跟阿三講好，學徒期間管吃管住，不開工錢。阿三獨身一人，別無牽掛，當然同意。從此，他起早貪黑，不僅精心學習紮紙手藝，還為師傅提水做飯，晚上為師傅端洗腳水，甚至給師傅端尿盆。

師傅見他心實、勤快、好學，就願意把自己的技藝全都教給他。不到一年的時間他就掌握了紮紙的技巧。學徒期滿後，師傅讓他另立門戶，可他怕自己走了，師傅沒人照管，不肯離開師傅，師傅也捨不得他走，就又把他留了下來。

一次，阿三到村子外去購買彩紙，回來時天已傍黑。走到離紙匠鋪子不遠，見鋪店燃起了熊熊大火，他扔下背上的彩紙，不顧一切地一邊喊著師傅，一邊朝大火裏衝去。等他頭上冒著青煙把師傅從火海裏背出來，師傅已經嚥了氣，他趴在師傅的身上失聲痛哭，那撕心裂肺的哭聲讓在場的所有人心酸落淚。

第二天，在相親們的幫助下，他把師傅埋在了村子外的一道山樑上。然後他跑回燒毀的鋪子，從廢墟和灰燼裏找到了師傅用過的刀子、剪子、錐子等紮紙用具，再揹上剛剛購進的那捆彩紙，回到了祖上留給他的那兩間破草房，開始做一個獨立的紙匠。

師傅死後，阿三更是少言寡語，他把全部的精力都用在紮紙上，技藝也日益提高。他紮出的紙品唯妙唯肖，栩栩如生。

這天，鎮上來了一個中年人，除要了一匹紙馬外，還說要一把紙做的鋒利的寶刀。阿三從沒做過紙寶刀，他問來人為什麼要買紙做的寶刀。來人說，他們死去的親人都是被日本人殺害的，他買紙寶刀就是為了送給死去的親人，讓他們到了陰曹地府也能殺鬼子。阿三聽了後，用最好的紙做了一把寶刀，免費送給了來人。

阿三早就聽說鬼子在鎮子上掃蕩的事。他知道只要不把日本鬼子趕出中國去，幹什麼都不得安寧。他想封了門去參軍打鬼子，可又不知到哪裏去找八路軍。特別是來買紙馬、紙寶刀的人走後，他的心裏更亂。一直到了深夜，他還點著油燈在幹，身邊堆放的全是紙做的寶刀、利劍。

後半夜，村子裏響起了一陣緊似一陣的狗叫聲，阿三起身到大門外去看，見一個陌生人躺在大門前，他把陌生人揹進屋裏，藉著燈光一看，見那人胸口上有槍傷，就想他一定是八路軍的傷病員。阿三正想著如何把他藏起來，就聽到大門外傳來了雜亂的腳步聲。情急之下他把紮好的一座紙樓揭去樓頂，扶傷患鑽進紙樓，剛把樓頂蓋上，兩個端著槍的鬼子就闖進了屋內。阿三坐在紙樓旁，裝出一副精心修飾樓頂的樣子。鬼子看到那些紙牛、紙馬、紙人、紙樓擱，就像走進了地獄，身上陡升寒氣。他們嘴裏嘀溜哇啦一陣亂叫，刺刀一陣亂刺，沒有發現異常，又急急離去。鬼子走後，阿三抹了一把臉上的汗，把傷患扶出紙樓，為傷患包紮了傷口，給傷患餵了薑湯後，才安撫傷患休息。

天明後，村上大部分人被鬼子趕到了村中的一片空場上，七八個鬼子把一排機槍對準了人們。一個鬼子小隊長用生硬的中國話說：「今天夜裏有個八路軍的情報員，身上藏著重要情報，被皇軍打傷後，逃進了村裏，是誰把他藏了起來，快快交出來，如果不交出來，全村人死啦死啦的有。」

鬼子小隊長一連問了幾遍，所有在場的人都怒目相視，一個說話的也沒有。

鬼子小隊長正要命令機槍手開槍，阿三肩上扛著一匹高大的紙馬子來到了鬼子的機槍手前，鬼子小隊長問他幹什麼，他說：「給死去的人燒紙馬，讓死人的靈魂騎著馬升天是我們中國人的風俗，你們用機槍對著的這些人早晚得死，就讓我提前為他們燒一匹紙馬，送他們上路。」

正好這個鬼子小隊長是個中國通，他特別喜歡研究中國民風民俗，現在聽了阿三的話，就冷笑著點了頭。

阿三從口袋掏出一盒洋火，抽出一根劃著，點燃了紙馬，鬼子小隊長和他的機槍手還沒反應過來，紙馬裏便發出了一聲驚天動地的爆炸聲，頓時把七八個鬼子炸上了天，紙匠阿三也壯烈地犧牲了。

釀小說39　PG1025

出租身體的女人

作　　者　黃學友
主　　編　蔡登山
責任編輯　林泰宏
圖文排版　楊家齊
封面設計　秦禎翊

出版策劃　釀出版
製作發行　秀威資訊科技股份有限公司
114 台北市內湖區瑞光路76巷65號1樓
電話：+886-2-2796-3638　傳真：+886-2-2796-1377
服務信箱：service@showwe.com.tw
http://www.showwe.com.tw
郵政劃撥　19563868　戶名：秀威資訊科技股份有限公司
展售門市　國家書店【松江門市】
104 台北市中山區松江路209號1樓
電話：+886-2-2518-0207　傳真：+886-2-2518-0778
網路訂購　秀威網路書店：http://www.bodbooks.com.tw
國家網路書店：http://www.govbooks.com.tw
法律顧問　毛國樑　律師
總 經 銷　聯合發行股份有限公司
231新北市新店區寶橋路235巷6弄6號4F
電話：+886-2-2917-8022　傳真：+886-2-2915-6275

出版日期　2013年8月　BOD一版
定　　價　280元

Printed in Taiwan

國家圖書館出版品預行編目

出租身體的女人 / 黃學友著. -- 一版. -- 臺北市：釀出版, 2013.08
面； 公分. -- (釀小說；PG1025)
BOD版
ISBN 978-986-5871-69-7 (平裝)

857.63 102012537

讀者回函卡

感謝您購買本書，為提升服務品質，請填妥以下資料，將讀者回函卡直接寄回或傳真本公司，收到您的寶貴意見後，我們會收藏記錄及檢討，謝謝！如您需要了解本公司最新出版書目、購書優惠或企劃活動，歡迎您上網查詢或下載相關資料：http:// www.showwe.com.tw

您購買的書名：________________________

出生日期：________年________月________日

學歷：□高中（含）以下　□大專　□研究所（含）以上

職業：□製造業　□金融業　□資訊業　□軍警　□傳播業　□自由業

□服務業　□公務員　□教職　□學生　□家管　□其它_____

購書地點：□網路書店　□實體書店　□書展　□郵購　□贈閱　□其他

您從何得知本書的消息？

□網路書店　□實體書店　□網路搜尋　□電子報　□書訊　□雜誌

□傳播媒體　□親友推薦　□網站推薦　□部落格　□其他__________

您對本書的評價：（請填代號　1.非常滿意　2.滿意　3.尚可　4.再改進）

封面設計____　版面編排____　內容____　文／譯筆____　價格____

讀完書後您覺得：

□很有收穫　□有收穫　□收穫不多　□沒收穫

對我們的建議：________________________

請貼
郵票

11466
台北市内湖區瑞光路 76 巷 65 號 1 樓
秀威資訊科技股份有限公司 收
BOD 數位出版事業部

....

（請沿線對折寄回，謝謝！）

姓　　名：__________ 年齡：______ 性別：□女　□男

郵遞區號：□□□□□

地　　址：______________________________

聯絡電話：（日）______________ （夜）______________

E-mail：______________________________